L'AMOUR
EN GRIPPE

DU MÊME AUTEUR

LE MEILLEUR DES MARIAGES, Denoël, 1997.
L'ÉTÉ DES HANNETONS, Denoël, 1996.
LA CHAMBRE, Joca Seria, musée de l'Élysée, 1994.
LES ENJÔLEURS, Denoël, 1993.
TRENTE-SIX SCULPTURES DE JEAN-LOUIS FAURE, Joca Seria, 1993.

CLÉMENCE DE BIÉVILLE

L'AMOUR EN GRIPPE

roman

BERNARD GRASSET
PARIS

à Natalie

à Antoine

Autrefois, ma sœur Mona imaginait par jeu la mort de son mari. Elle se représentait la façon dont elle apprendrait l'affreuse nouvelle, sa douleur et les mines apitoyées de ses proches avec une telle acuité qu'elle fondait aussitôt en larmes. C'était délicieux.

Elle mesurait ainsi son affection. Sans aucun doute, elle aimait Olivier. Pourtant, quand elle envisageait le futur, et qu'il lui apparaissait en tout point semblable au présent — rien ne romprait jamais la monotonie ni le confort des jours ; Olivier et elle, sans heurts, s'affaibliraient, tranquilles et rassurés —, il lui arrivait de penser à sa disparition comme à la seule surprise que pût encore lui réserver l'existence, et elle espérait que le chagrin durerait moins longtemps que l'ennui.

Il y avait maintenant presque un an qu'Olivier était mort, et tout s'était passé comme elle se le figurait — l'affreuse nouvelle, la douleur, la sollicitude des tiers — mais l'ennui survivait au chagrin. Un ennui auquel même l'usure conjugale ne l'avait pas préparée.

Il pleuvinait. Il avait plu sans interruption toute la semaine. Une fin d'été pourrie. Le paysage était noyé. De grandes flaques trouaient l'herbe d'un reflet sale. Le ciel bas dérobait les montagnes et l'eau suintait de partout. Il lui semblait que rien ne sécherait jamais, ni les troncs noirs des arbres, ni la boue, et qu'elle était elle-même pétrie d'une substance liquide et froide qui ne s'échaufferait plus.

Elle regardait par la fenêtre. Elle regardait sa montre. Pourtant, elle n'attendait personne. Sa fille et moi étions au cinéma. Nous ne devions pas rentrer avant une heure. Elle regardait par la fenêtre parce qu'il y avait un homme dehors. Un inconnu. Il était là depuis une bonne vingtaine de minutes et il marchait de long en large dans la carrière, à grands pas, sans se soucier de la gadoue. Il gardait le visage levé sur l'Aquarium — c'est ainsi que je surnommais l'horrible maison de Mona — et faisait des gestes, comme s'il discourait. Mais personne ne l'accompagnait. Il était seul, il se parlait à lui-même.

Il avait un calepin à la main et de temps en temps, il interrompait sa déambulation pour griffonner. Mona observait son manège, sans réel intérêt. Simplement parce qu'elle n'avait rien d'autre à faire. L'individu paraissait inoffensif. Sa présence ne la dérangeait pas. Elle avait l'habitude des curieux. Au moment de sa construction, deux ans plus tôt, la maison avait fait scandale dans la région. On avait traité Olivier de fou, crié à l'injure écologique, à la verrue. L'Aquarium était devenu un but de promenade. Les badauds y venaient se gausser.

L'homme continuait de faire les cent pas, de prendre des notes, de gesticuler. Il tira de sa poche un appareil et commença de prendre des photos. Mona s'impatientait. Elle se demandait s'il fallait le prier d'aller rôder ailleurs quand le crachin, brusquement, tourna au déluge. En un instant, des trombes d'eau s'abattirent. L'homme, le jardin, la carrière : tout disparut de sa vue, derrière un rideau de pluie opaque.

La sonnette retentit presque immédiatement. Il n'était pas dans la nature de Mona de laisser quiconque dehors par un temps pareil. Elle se précipita pour ouvrir.

Plus tard, bien plus tard, une fois que tout fut achevé, gâché, consommé, elle dut s'étonner de n'avoir, à ce moment-là, éprouvé aucune appréhension. Rien ne l'avertit, pas le moindre battement de cœur, pas le moindre pressentiment.

*

Il avait suffi de quelques secondes pour qu'il fût trempé. Il se tenait sur le seuil, embarrassé et ruisselant. Une petite mare grisâtre se formait sous ses pieds. Ses habits déteignaient et ce détail le rendit aussitôt sympathique à Mona.

Elle ne lui laissa pas le temps de se présenter et le conduisit à la salle de bains. Elle mit ses vêtements dans le séchoir et fit du thé. Elle se rendit compte, au soin qu'elle prenait à préparer le plateau, à disposer ses plus jolies tasses, qu'elle était émue. Elle l'entendait prendre sa douche, là-haut. Dégoûtant et crotté comme il l'était, il ne lui avait pas semblé attirant. Ni très beau, ni très jeune. Mouillé. Pourtant, l'idée que cet homme dont elle ne savait rien était nu, si proche, la troublait.

*

Olivier Maréchaux, le mari de Mona, possédait une entreprise de travaux publics. Il siégeait dans des commissions locales, décidait la surélévation des granges et l'élargissement des chaussées. Ses affaires prospéraient. Cependant, il déplorait que sa carrière provinciale ne lui permît pas de donner sa pleine mesure d'architecte. Il construisait peu. Il était frustré.

Mon beau-frère était un personnage dogmatique. Il avait des idées arrêtées sur tout et ne souffrait pas la contradiction. Il estimait, par exemple, que les membres d'une même famille doivent chacun vivre au vu et au su des autres. L'isolement, l'intimité, recelaient selon lui la source de tous les malentendus, de tous les secrets, de tous les mensonges. Sa propre maison représentait pour lui l'occasion unique de mettre ses théories en pratique ; il l'avait voulue exemplaire et conçue selon le principe de la transparence. Il avait, autant que possible, aboli les cloisons ; celles qu'il n'avait pu supprimer étaient en verre, miroir ou glace sans tain. Les trois chambres et leurs salles de bains donnaient ainsi directement dans le salon, et depuis son lit ou sa baignoire, on voyait tout ce qui s'y passait.

Mona rêvait d'habiter une vieille ferme franc-comtoise, avec des murs épais et un toit pentu comme des ailes de poule. Quand Olivier, par pure forme, lui avait soumis les plans de leur future demeure, elle s'était tue. Elle savait ses objections vaines. Elle aurait blessé son mari inutilement. Depuis, elle s'était tant bien que mal habituée à vivre dans cette maison ouverte à tous les regards, mais elle ne s'y était encore jamais trouvée seule, avec un étranger. Assise sur l'accoudoir du canapé, devant son plateau de thé fumant, elle devinait qu'il l'étudiait, de l'autre côté de la paroi.

Elle était consciente de son manque de naturel et n'osait plus bouger.

Il réapparut enfin. Il portait la vieille robe de chambre d'Olivier. Mona avait distribué toutes les affaires de son mari, sauf quelques-unes, dont cette robe de chambre. Le vêtement portait encore l'empreinte d'Olivier et elle eut, une fraction de seconde, l'illusion douloureuse qu'il entrait dans la pièce. Mais l'homme était plus petit qu'Olivier, plus large ; il semblait déguisé dans ce peignoir et Mona s'en voulut de le lui avoir prêté. Elle en avait gâché le pouvoir évocateur. Plus jamais elle ne pourrait en caresser l'étoffe, y chercher une trace de chaleur, de parfum. L'homme avait une silhouette lourde et de vilains mollets. Elle détourna les yeux. Elle avait envie qu'il s'en aille. Cette situation était absurde.

Pourtant, une demi-heure plus tard, elle bavardait avec lui comme avec un vieil ami. Il préparait, à la demande du Conseil régional, un documentaire sur l'architecture contemporaine en Franche-Comté. Il était venu effectuer des repérages.

Il s'exprimait de façon hésitante. Son

regard un peu fuyant, le ridicule de sa tenue, ses vilains mollets sans doute, donnèrent à Mona un aplomb dont elle n'était pas coutumière. Elle lui fit visiter la maison et lui en montra les particularités, elle vanta l'intelligence et l'originalité de sa conception. Sa propre aisance l'étonnait. Mona avait l'habitude de se tenir en retrait. Elle prenait rarement la parole et la cédait aussitôt. On ne l'écoutait pas. Cet homme l'écoutait avec attention. Une ou deux fois, elle le fit rire, et elle rit avec lui.

Elle avait l'impression de jouer à la perfection le rôle de quelqu'un d'autre, et cette nouvelle personnalité, légère et assurée, lui plaisait. Elle était contente que nous ne fussions pas encore rentrées du cinéma. En notre présence, elle serait redevenue elle-même. Elle se serait effacée. Or, elle avait envie de prolonger cet instant, cette parenthèse volée au quotidien.

Au bout d'un moment, le visiteur se leva.

— J'ai assez abusé de votre patience et de votre gentillesse. Il ne pleut plus et mes vêtements doivent être secs.

Ils l'étaient.

Mona le raccompagna dans le vestibule.

— Vous vivez seule ? demanda-t-il en lui tendant la main.

— Non, avec ma fille. Et puis j'ai ma sœur. Elle est venue passer quelques jours. Ça fait maintenant des mois qu'elle habite là.

Mona referma la porte. Elle était rouge. Le son aigre de sa voix résonnait encore à ses oreilles. Elle avait insinué que je m'incrustais dans la maison, comme un parasite. Elle ne pouvait se le dissimuler. Elle se demanda pourquoi elle avait éprouvé le besoin de me désavouer, devant cet étranger, et la satisfaction que sa visite lui avait procurée en fut diminuée.

*

Fillettes, adolescentes, Mona et moi avions tout partagé, poupées, soutiens-gorge et varicelle. Nous étions restées inséparables jusqu'à ce qu'elle se mariât et suivît Olivier à Murdaires.

Vingt ans avaient passé. Nous nous voyions peu. Bien que notre affection fût demeurée intacte, nos différents styles de vie, nos préoccupations respectives et l'éloignement géographique ne facilitaient pas nos rencontres. Parfois, Mona ne me faisait plus signe pendant de longs mois. Elle n'osait pas me confier ses petites difficultés, qu'elle supposait insignifiantes en regard des miennes. Elle osait encore moins me recevoir à Murdaires. Elle redoutait que le spectacle de son existence familiale et confortable ne me fît mesurer davantage ce dont j'étais privée.

Elle se sentait coupable d'être heureuse tandis que je ne l'étais pas. Il lui semblait que le sort la comblait de façon imméritée, et qu'il en avait toujours été ainsi, dès notre enfance. Elle était plus jolie, plus gâtée. Les adultes se penchaient sur elle, la choyaient, la cajolaient. Personne ne s'intéressait à moi, sauf Mona, qui me jugeait meilleure, et plus douée. Elle était seule à me connaître et se demandait parfois si elle n'était pas seule à m'aimer. Le sentiment qu'elle bénéficiait d'une injustice empoisonnait sa conscience.

La mort d'Olivier nous avait mises sur un pied d'égalité. Chacune était enfin à plaindre et son malheur permit à Mona de se rapprocher de moi.

J'avais obtenu un congé sabbatique dont je ne savais que faire. Je m'ennuyais à Paris. J'y étouffais. Mona m'invita à passer quelques jours à Murdaires. J'arrivai mi-juillet et je ne repartis plus. Mona et sa fille, tous les jours, se félicitaient de notre cohabitation. En août, elles m'avaient incitée à mettre mon appartement en location. Ce que j'avais fait. Elles espéraient que je ne les quitterais plus jamais. La vie que nous menions manquait peut-être de fantaisie, mais elle était tranquille, et nous accordions son prix à la tranquillité.

Le film que nous venions de voir avait enthousiasmé ma nièce, et pendant tout le trajet du retour, elle le commenta. Je ne prêtais pas vraiment attention à ce qu'elle disait. Je percevais l'exaltation qui faisait vibrer sa voix, tout l'avenir, les rêves dont elle était gonflée. L'espoir du meilleur illuminait son visage ingrat d'adolescente. Elle en devenait presque belle. J'aimais bien Stéphanie.

J'évite en général de me laisser prendre au piège de la nostalgie. C'est un plaisir poisseux. Le passé n'a pas existé tel qu'on s'en souvient. Cependant, moi aussi j'avais été jeune. Moi aussi j'avais eu des espérances. Longtemps, j'avais compté sur l'aventure, certaine de la croiser, un soir, un matin. Ce serait un homme, un talent, un enfant, un voyage, peu importe. Cela bouleverserait ma vie et me révélerait autre.

Rien de tout cela n'était advenu. Je m'étais désormais résignée à demeurer moi-même. Je ne me croyais pas amère. Je savais être le propre artisan de mes déceptions. Je n'en accusais personne. M'en eût-on donné la possibilité, j'aurais recommencé de même. Mais en écoutant Stéphanie s'enflammer pour les personnages du film, s'identifier à eux, s'indigner, réciter par cœur des bribes entières du dialogue, le recomposer, en imaginer d'autres, je reconnaissais ce qui m'avait fait défaut : la fougue, l'ardeur, la colère.

J'ai toujours été froide, circonspecte ; j'ai mimé l'amour, l'émotion, le désir. Je n'ai jamais rien ressenti. Enfin, je n'avais jamais rien ressenti. A l'heure où j'écris ces lignes, je me sais capable de passion. Alors, je n'en soupçonnais rien.

*

Je m'étais abîmée dans mes réflexions.

— A quoi penses-tu ?

— A ma jeunesse...

Je m'interrompis. Enfant, je détestais que les adultes me disent ce qu'ils éprouvaient à mon âge, et cette petite phrase inévitable : tu verras, quand tu auras le mien. Je n'avais pas envie d'assombrir Stéphanie avec ma propre expérience, encore moins de l'agacer. Il me paraissait inutile de lui expliquer qu'à un moment donné, le bonheur est mélancolique, qu'il ressemble au renoncement ; ni que les trois mois que je venais de passer à Murdaires comptaient parmi les plus paisibles de mon existence. Ils s'étaient déroulés sans heurt. Mona et moi étions toutes deux un peu éclopées et nous nous faisions du bien. Nous avions des égards l'une pour l'autre. Je m'occupais de Stéphanie, je lui faisais découvrir des livres et je l'emmenais au cinéma. Mona, qui entretenait avec sa fille une relation difficile, m'en était reconnaissante. Je me sentais utile. Cela me suffisait. Je n'avais aucun projet. La compagnie d'un homme ne me manquait pas. A vrai dire, les hommes ne m'ont jamais beaucoup manqué ni servi.

Nous approchions de l'Aquarium. Le chemin qui menait à la carrière n'était pas goudronné. Il avait tellement plu qu'il était devenu presque impraticable. La voiture patinait dangereusement dans les ornières. Je craignais de m'embourber.

Nous croisâmes un promeneur. Il se rangea sur le côté pour nous laisser passer. Je ralentis, pour ne pas l'éclabousser. Un mouvement de surprise m'échappa.

— Qui est-ce, tu l'as déjà vu ?

— Non, mais il ressemble à quelqu'un.

Ce ne pouvait être lui. Autrefois, il ne dépassait pas le triangle Select-Balzar-Closerie des Lilas. Peut-être, depuis le temps, avait-il déplacé le centre de ses errances et de ses velléités vers la Bastille ou Charonne, mais j'imaginais mal qu'un type comme lui s'aventurât au-delà du périphérique, à plus forte raison dans un endroit aussi perdu que Murdaires, seul, à pied.

Stéphanie m'examinait à la dérobée. Elle s'était prise d'une affection débordante pour moi. Avec l'excès propre à son âge, elle me considérait comme sa meilleure amie. Cependant, elle me trouvait secrète. Elle regrettait que je ne me confie pas davantage. Elle mourait de curiosité.

— Tu penses toujours à ta jeunesse ?

— Ça t'étonne ? Tu me trouves trop vieille pour m'en souvenir ?

J'avais répondu sur un ton abrupt. Stéphanie pâlit. Elle posa la main sur ma manche.

— Excuse-moi, je ne voulais pas te faire de peine.

Je dégageai mon bras avec brusquerie. Stéphanie haussa les épaules et se rencogna contre la portière, le front barré d'un pli maussade. C'était notre première anicroche. Entièrement de ma faute. Je m'en voulus.

*

Mona nous accueillit, d'excellente humeur.

— Si nous allions au restaurant, proposa-t-elle. Je n'ai rien préparé, je n'ai pas envie de faire la cuisine et j'ai une bonne nouvelle à vous annoncer.

Nous tranchâmes pour un bistro tunisien qui avait ouvert récemment derrière la place du Marché.

L'endroit était bondé. Mona s'attarda pour

saluer quelques personnes. Stéphanie et moi gagnâmes le fond de la salle. Stéphanie boudait toujours. A peine assise, elle se plongea dans la lecture du menu, m'ignorant ostensiblement.

J'observais Mona. Elle avait quarante ans et la fragilité soyeuse des blondes. Elle appartenait à cette ravissante espèce de femmes que les années arrondissent, enveloppent de moelleux et de banalité. Elle avait toujours été coquette, mais depuis la mort d'Olivier, elle se laissait aller. Elle s'habillait n'importe comment, se coiffait ou non, et un je ne sais quoi dans son allure s'était tassé, défraîchi. Or, ce soir, elle avait mis une robe et du rouge à lèvres. Penchée sur Pierre Cannelle, le maire du village, elle minaudait. Elle jouait avec ses boucles, inclinait la tête de gauche, de droite : une vraie poupée. Autrefois ce genre de pose, qu'elle adoptait volontiers, m'exaspérait. Aujourd'hui, je m'en réjouissais. Ma sœur quittait enfin le deuil, elle reprenait goût à la vie.

Quand elle nous rejoignit, ses yeux pétillaient. Elle commanda pour nous trois un couscous royal, avec plein de pois chiches, s'il vous plaît, et du rosé marocain. Une grande bouteille. De toute évidence, elle avait décidé de faire la fête. La soirée commençait bien.

*

Cela ne dura pas. Le mutisme obstiné de Stéphanie ne tarda pas à installer entre nous une atmosphère pesante. De plus, l'adolescente ne mangeait presque rien. Elle chipotait dans sa semoule, l'air dégoûté. Peut-être Mona craignait-elle que sa fille ne souffrît d'anorexie. Elle épiait chacune de ses bouchées d'un regard anxieux, et surveillait sa déglutition. Cette sollicitude horripilait ma nièce. J'adressais des signaux d'avertissement à Mona. En vain. La tension montait.

— Tu aimes bien le couscous, pourtant...

Stéphanie rejeta sa serviette sur la table.

— Arrête de me couver comme ça, explosa-t-elle. Je n'ai pas faim, j'ai le droit, non ?

Des têtes convenables se tournèrent vers notre table, réprobatrices. Mona et moi n'avions jamais osé parler sur ce ton à notre mère. Stéphanie m'épatait. Mais le spectacle de ma sœur rabrouée, recroquevillée sur sa chaise, me fit de la peine. Je m'interposai.

— Allons, n'en faisons pas un drame. Moi non plus je n'ai pas très faim.

Stéphanie m'adressa un sourire complice. Nous n'étions plus fâchées.

Je me tournai vers Mona.

— Et cette grande nouvelle ?

Elle se redressa.

— On va réaliser un film sur la maison. Il sera diffusé à la télé cet hiver.

Je haussai les sourcils. Je n'avais jamais pu supporter Olivier Maréchaux ; sa maison était une abomination et j'avais du mal à admettre qu'on y attachât de l'importance. Mais je ne voulais pas gâcher le plaisir de Mona. J'ouvris de grands yeux et je réclamai des détails.

Elle ne demandait que ça. Avec une éloquence inhabituelle, elle nous expliqua l'intérêt que les affaires culturelles et le syndicat d'initiative de la Région portaient à l'architecture contemporaine. L'Aquarium en était le plus remarquable exemple, le fleuron, et le travail d'Olivier constituait le pivot autour duquel serait monté le documentaire. Mona était intarissable. On reconnaissait enfin le génie de son mari ! La fierté éclatait dans chacune de ses syllabes.

Je ne l'écoutais plus. J'avais reporté mon attention sur sa fille. Stéphanie avait une passion pour son père, elle voulait être architecte comme lui ; elle s'en considérait l'unique héritière, le seul porte-parole, et elle ne supportait pas d'entendre sa mère en parler. C'était l'une de leurs sources de friction quotidiennes. Mona ne s'en rendait pas compte. Elle croyait que l'amour qu'elles partageaient pour le disparu les rapprochait ; il ne faisait que les diviser. Mona était équilibrée et généreuse. Elle ignorait la jalousie et ne la soupçonnait pas chez autrui. Elle ne s'apercevait pas qu'au fur et à mesure qu'elle avançait dans son monologue, sa fille se rembrunissait.

— Qui est-ce, ces gens ? dit Stéphanie. Je suis sûre que ce sont des crétins qui ne comprennent rien à l'œuvre de Papa.

— Pourquoi es-tu si négative ?

Mona regardait sa fille, étonnée.

— Ils feront cela très bien. Ils viennent dans six semaines, et ils tourneront deux jours entiers à la maison. Ils sont certainement sérieux. Ils m'ont demandé de retrouver des images d'archives, si j'en avais…

Stéphanie ricana.

— C'est toi qui vas t'occuper de ça ?

L'adolescente se leva.

— Eh bien ! Il sera chouette le film !

*

— Laisse-la. Elle se calmera toute seule.

La pauvre Mona était effondrée. Jeune, elle était sereine et inébranlable. Ses larmes, comme les pluies d'été, étaient brèves et ne laissaient pas de traces. Elle allait d'instinct vers ce qui lui convenait. Partout, elle trouvait sa place, avec un sens infaillible de l'harmonie. Sa gentillesse et sa spontanéité lui gagnaient la sympathie de chacun, sans qu'elle en fût consciente, et cette innocence ajoutait à son charme. Il semblait maintenant que ce bel équilibre fût rompu. Un rien l'abattait.

J'aimais Mona. Elle était même la seule personne au monde que je fusse certaine d'aimer. Nous étions aussi différentes que le jour de la nuit, nous avions peu d'intérêts communs, mais j'aurais arraché les yeux de quiconque lui eût porté atteinte, et son bonheur me tenait à cœur autant, si ce n'est plus, que le mien.

Je ne supportais pas de la voir pleurer. Je commandai deux cognacs et je lui fis des grimaces. Elle sécha ses larmes.

— En tout cas, dit-elle, le réalisateur est très sympathique.

Je souris ; je la retrouvais bien là, ma Mona. Ma séductrice de Mona. Quand nous avions dix-huit, vingt ans, nous partagions le même studio, rue Monge. Je réussissais dans mes études et elle avec les garçons. Elle avait un succès fou auprès d'eux. Elle ne se lassait pas de leur plaire, ils ne se lassaient pas d'elle. Ses conquêtes étaient un sujet de conversation inépuisable et sans cesse renouvelé. Nous en discutions des nuits entières. Je la conseillais quelquefois, j'avais rarement à la consoler. Le matin, j'arrivais en cours les yeux bouffis par le manque de sommeil. Mona, elle, n'allait à la fac que l'après-midi. Seul l'amour l'intéressait.

Je m'étonnai de n'avoir pas deviné tout de suite la véritable raison du rouge à lèvres et de la jolie robe, d'avoir mis cette bonne humeur sur le compte de l'hommage qu'on rendait à son mari. Mais j'avais un peu oublié ses incartades de jeune fille. Mona s'était rangée depuis si longtemps, elle avait été une épouse si sage, si fidèle.

Je retrouvai sans peine le ton de conspiratrice de notre jeunesse.

— Avoue-moi tout.

Sans se faire prier davantage, elle me raconta son après-midi par le menu.

— Je ne connais personne qui lui ressemble, dit-elle, quand elle eut achevé son récit. Il a un charme étrange. Peut-être que je me fais des idées mais tu sais, même s'il ne doit rien se passer, cela me fait plaisir. Je me sens de nouveau vivante. Je n'avais rien ressenti depuis tellement longtemps.

Elle but une gorgée et me regarda par en dessous, le nez dans son verre. Elle avait la mine coupable d'une petite fille qui a tiré la queue du chat.

— Tu crois que c'est mal ? Je veux dire, par rapport à Olivier ?

Je la réconfortai. Elle était jeune encore. Elle n'allait pas s'enterrer vive, etc. De vieux arguments, mais efficaces, à en juger par le sourire qu'ils provoquaient sur son visage. Un sourire jeune, confiant.

Mona était douée pour le bonheur. Parfois, j'avais l'impression que l'adversité n'avait pas de prise sur elle. Elle rebondirait toujours. Elle était forte. A peine veuve, elle avait à nouveau envie d'aimer. Elle avait de la chance. Elle.

Moi, je n'avais rien. Je soupirai.

Nous avions fini nos cognacs et demandé l'addition.

— Comment s'appelle-t-il ? demandai-je.

— Charles. Charles Roch.

Je répétai ce nom d'une voix blanche. J'avais dû changer de couleur car Mona me saisit le poignet.

— Tu le connais, j'en suis sûre.

Elle me regardait droit dans les yeux.

— Pas bien. On s'est croisés pendant un certain temps. On fréquentait les mêmes coins. Mais il y a au moins quinze ans que je ne l'ai pas vu.

Mona se rasséréna.

— Alors ça t'amusera de le revoir. Et pour lui, ce sera une surprise.

Chère, naïve Mona. Elle n'avait pas d'arrière-pensées.

*

Un peu plus tard, Mona fit irruption dans ma salle de bains.

— J'ai quelque chose à t'avouer. Tout à l'heure, j'ai mal parlé de toi à Charles Roch.

— Tu lui as parlé de moi ?

— Non, mais j'ai dit que ma sœur…

Elle s'embrouillait. Elle était rouge.

— Bref, j'ai parlé de toi comme si je ne t'aimais pas autant que je t'aime. Tu comprends ? Tu ne m'en veux pas ?

Je l'ai rassurée, ma Mona. Je la connaissais si bien. Pour un flirt, elle aurait trahi maman.

J'eus du mal à trouver le sommeil. Le ciel s'était dégagé et la lune, presque pleine, inondait ma chambre de lumière. Il n'y avait ni rideaux, ni volets. Olivier Maréchaux les jugeait superflus. Selon lui, si l'on choisissait de vivre à la campagne, il ne fallait pas chercher à se protéger de la nature. Soyons cohérents, disait-il. En ce sens, l'Aquarium était une parfaite réussite. Les murs extérieurs, vitrés du sol au plafond, donnaient l'illusion d'habiter une plate-forme suspendue en plein air. Au début de mon séjour, cela m'avait donné le vertige, et les premières nuits, je n'avais pas fermé l'œil.

Cependant, ce soir-là, ce n'étaient ni la lune, ni les ombres inquiétantes des arbres, ni même l'ululement de la chouette qui m'empêchaient de dormir.

*

J'avais rencontré Charles Roch peu après que Mona se fut mariée. J'avais vingt-deux ans. Je venais de publier mon premier recueil de nouvelles. J'ignorais qu'il serait également le dernier. Les rares éloges qu'il avait suscités suffisaient à ma vanité. J'avais interrompu mes études, une maîtrise de langues en poche. Je traduisais des posologies pour un laboratoire pharmaceutique. J'étais bien rétribuée. J'attendais la gloire et je ne doutais de rien.

J'habitais encore rue Monge, et je voyais presque tous les matins Charles dans la vitrine du Balzar, assis à la même table. Il regardait passer les gens. Il était la plupart du temps seul. Il lisait et prenait des notes sur de petits calepins de moleskine noire à tranche violette, qui lui donnaient un air d'ecclésiastique. Il était toujours habillé en noir et il buvait de la menthe à l'eau.

Un soir, je l'aperçus au Select. Je m'installai sur la banquette à côté de lui et lui demandai du feu. Il n'en avait pas. Il me parla du métro. De l'odeur du métro. Selon lui, elle tendait à disparaître. En tout cas, elle perdait de sa force, de son caractère. Les stations, de nos jours, avaient toutes la même ; autrefois, elle variait selon les rames et les saisons. Pour cette raison, me dit-il, il avait cessé de prendre le métro. A quoi bon, d'ailleurs, pour aller où ?

A l'époque, j'étais entourée de gens qui me ressemblaient. Parce qu'ils m'étaient familiers, ils me paraissaient médiocres. Charles différait d'eux et son discours de ceux que j'avais entendus.

Il ne m'avait pas donné son numéro de téléphone et je ne savais pas où il habitait. Je pris bientôt l'habitude de le chercher le matin au Balzar, l'après-midi à la Closerie, ou le soir au Select. Il était rare qu'il n'y fût pas. J'invoquais le hasard. Tiens, tu es là ? Justement, je passais. Sa vie de café me fascinait. Il donnait l'impression de ne pas avoir d'amis. Cependant, il avait toujours l'air content de me voir et j'étais flattée qu'il se plût en ma compagnie.

En quelques semaines, il prit place au cœur

de mes préoccupations. Tout ce qu'il disait me paraissait supérieurement intelligent. Il choisissait ses mots avec soin et il achevait rarement ses phrases. Son élocution heurtée donnait du poids à ses paroles. Je les buvais. Il me racontait des quantités d'histoires, des anecdotes sur des peuplades dont j'ignorais l'existence ; il me décrivait la végétation des déserts d'Asie centrale et m'expliquait la façon dont on récolte le caoutchouc. Je m'extasiais. Il avait à peine trente ans, et déjà tellement voyagé ! Charles se récriait. Il refusait de quitter Paris. Les voyages ne l'intéressaient pas. Le tourisme était une activité triviale, obscène, qui lui faisait horreur. J'approuvais. J'enfouissais mes désirs d'odyssées. J'en avais subitement honte.

Ses goûts et ses dégoûts étaient prononcés et m'intimidaient. Il ne buvait jamais d'alcool. Il portait des espadrilles été comme hiver et jamais de manteau. Il se vantait de connaître tous les petits musées de Paris et de n'avoir jamais mis les pieds au Louvre. Il aimait la cuisine grecque, Montaigne et Saint-Simon, il abominait le XIXe siècle et savait Mallarmé et

Cioran par cœur. Il méprisait le genre romanesque. Je me taisais, accablée par l'étendue de son savoir.

Il était toujours disponible. Il semblait n'avoir ni horaires, ni contraintes. Cela me paraissait mystérieux. Je fus quelque temps avant d'oser lui demander ce qu'il faisait.

— Je suis assistant réalisateur, répondit-il. Je me prélasse entre deux tournages, en ce moment.

Peut-être devina-t-il que je ne le croyais pas. Un après-midi, il m'emmena aux Ursulines voir un film dont je ne me rappelle plus le titre, ni le sujet, mais le nom de Charles était au générique. Un jour prochain, me confia-t-il, il réaliserait son propre long métrage. Dès lors, mon admiration pour lui n'eut plus de bornes. J'avais mis la main sur un génie. Les génies sont ordinairement mystérieux.

*

Nous nous retrouvions régulièrement. Nous allions au cinéma, mais deux fois sur trois, nous quittions la salle avant la fin de la projection. En ce domaine comme ailleurs,

Charles était difficile. Je supposais qu'il avait raison et lui laissais le choix du programme.

Cependant, je pris un jour l'initiative d'aller voir *La Mort aux Trousses.* Charles m'accompagna, d'assez mauvaise grâce. Il se tortillait sur son siège en soupirant d'ennui. Je n'y prêtais pas attention. Le film me captivait. Au moment où Cary Grant s'aplatissait sur le sol, frôlé par l'avion, il se leva, me saisit par le poignet et m'entraîna. Je me rebiffai, voulus résister, mais il ne me lâcha pas. Nous gênions les spectateurs ; ils rouspétèrent, et je dus sortir avec lui.

J'étais furieuse. Je le lui dis. Charles haussa les épaules.

— Tu ne vois donc pas que tout ce cinéma n'est destiné qu'à abrutir le public ? Ces belles blondes et ces histoires invraisemblables… Une entreprise de subornation…

Il marchait à grands pas dans la rue ; je devais trottiner à toute vitesse pour me maintenir à sa hauteur. Il paraissait en colère, et je ne l'avais jamais vu ainsi.

— Je hais la fiction, cet art vulgaire et décadent…

Je l'arrêtai. Jusqu'alors — je le connaissais depuis trois mois —, je n'avais pas eu l'audace de lui dire que j'écrivais des nouvelles. Il me sembla plus honnête, à ce moment-là, de le lui avouer. Je pris mon courage à deux mains.

— Ah bon, fit-il, intéressé. Je veux lire ça. Où se le procure-t-on ?

J'hésitai. Il y avait des siècles que mon livre était introuvable en librairie.

— J'en ai des exemplaires à la maison.

— Eh bien, allons-y.

*

Il n'était jamais venu chez moi, et j'étais assez fière de lui montrer mon studio sous les toits. Il regarda autour de lui.

— Quel intérieur bien tenu, constata-t-il. Très bien tenu. Très bourgeois... J'exècre les bourgeois.

J'ai toujours eu la manie de l'ordre ; c'est l'une des seules dont rien n'a pu me guérir. Cependant mes étagères vernies, mon lit fait au cordeau et mes plantes vertes me parurent soudain lugubres.

— En plus il y a un chat. Magnifique spécimen.

Il éternua.

— Je suis allergique aux chats.

Il ouvrit la fenêtre, prit Achille sous le bras, assez délicatement, je dois le dire, et le déposa sur la gouttière.

— Ainsi il ne nous ennuiera plus. Maintenant, ton livre.

Je le lui tendis avec émotion. Il le prit, s'affala sur mon lit, et commença à lire.

Achille n'avait pas l'habitude d'être mis à l'écart. Il grattait à la fenêtre. Charles fronçait les sourcils. Je craignais que le grincement des griffes contre la vitre ne l'agaçât. Je mis en sourdine mon disque préféré. Charles eut un geste las.

— Je t'en prie, pas ça.

J'arrêtai la musique et m'assis sur un tabouret, devant la table, ne sachant plus quoi faire de moi. Mon regard passait du chat qui me fixait d'un œil courroucé, à la physionomie de Charles qui ne me révélait rien. Il lisait attentivement, si j'en jugeais par la lenteur avec laquelle il tournait les pages, mais aucune de mes saillies, de mes trouvailles, ne lui arrachait le moindre sourire. Son impassibilité me mettait au supplice. La nuit tombait.

*

Trois heures plus tard, Charles reposa le livre.

— Viens, me dit-il.

Je m'assis à côté de lui.

— Vois-tu, ces nouvelles, n'importe qui aurait pu les écrire.

Il m'attira contre lui et m'entoura l'épaule de son bras. Un geste amical de grand frère.

— Tu n'as pas un mauvais style, mais il ne t'appartient pas. On sent que tu as pioché, de droite, de gauche… pas forcément aux meilleurs endroits, d'ailleurs… Un travail de bonne élève, scolaire, appliquée. Je suis sévère, n'est-ce pas ?

Il parlait avec douceur, comme s'il tentait d'atténuer sa critique. Je me raidissais de toutes mes forces. Il me prit le menton et m'obligea à relever la tête. J'évitai son regard. J'avais la gorge serrée et je n'avais pas envie de pleurer devant lui.

— Ce bouquin, continua-t-il sur le même ton bienveillant, on pourrait se torcher avec.

Les larmes me montèrent aux yeux. Il se reprit.

— Pardon, je ne voulais pas te faire de peine. Mettons qu'on pourrait s'en servir pour envelopper des petits pâtés à la viande.

Dieu sait pourquoi, cela me fit rire. Il me tendit un mouchoir.

— Allons, cela va mieux. Tu te détends. Ma pauvre petite, tant que tu ne te seras pas éclatée — c'était un curieux mot dans sa bouche —, tu n'écriras rien de bon.

Il avait touché un point sensible. J'eus envie de défendre mon petit livre et ma personne. J'y tenais, après tout. Je rétorquai qu'il y avait plein de grands auteurs qui ne s'étaient jamais *éclatés*. James, ou Claudel, par exemple.

Il leva un sourcil narquois.

— Il n'y a pas que le cul, ma chère — et il m'embrassa.

*

Je ne possédais pas une grande expérience, en matière d'amour. Du plaisir, je ne connaissais que ce que m'en avait confié Mona. La description minutieuse de ses orgasmes et la façon qu'elle avait d'avaler sa salive en les évoquant me laissaient en proie, selon mon humeur, au scepticisme ou à un navrant sentiment d'infériorité.

Le sexe me semblait une entreprise un peu dégoûtante. La nudité me paraissait laide ; les corps emmêlés, la confuse agitation, l'haleine et les soupirs, l'odeur tenace des sueurs et des sécrétions.

Je couchais avec des garçons parce qu'il le fallait. L'honneur des filles, en ces années-là, tenait à leur facilité. Inspirée par Mona, je mimais la volupté assez habilement. Les garçons ne s'en apercevaient pas, ou faisaient semblant de ne pas s'en apercevoir. Cependant, mes aventures ne duraient pas.

Est-ce parce que j'étais émue ? Parce que Charles exerçait de l'ascendant sur moi ? Je trouvai agréable de faire l'amour avec lui. Je m'abandonnai avec une certaine confiance, au point d'oublier, le moment venu, de pousser mes vocalises.

Charles se rhabilla. Il déposa un baiser sur mon front.

— Tu me plais. Au moins toi, tu ne triches pas.

Il entrebâilla la fenêtre et fit entrer Achille.

— Je te laisse dormir. Demain, je m'installe ici.

Il éteignit la lumière et ouvrit la porte à tâtons. Sa silhouette se découpa contre la cage d'escalier éclairée. Il se retourna.

— Demain, à midi… Mais attention, pas de chat.

*

Je me réveillai d'un sommeil sans rêves. Achille dormait, pelotonné contre mes jambes. Je l'attirai à moi et lui caressai la tête. Je pensai que je lui grattais le front pour la dernière fois.

Il émit un léger bruit de gorge. Il ne se doutait encore de rien. Il me faisait confiance.

Ma décision était prise. J'avais éprouvé, la veille, des sensations infiniment douces ; je comprenais qu'elles n'étaient rien comparées à celles que je devinais, plus délicieuses encore.

J'étais sur le point de découvrir une part merveilleuse de moi-même ; un chat, fût-ce Achille, ne m'y ferait pas renoncer.

Il ne fallait pas s'attarder, s'apitoyer encore moins. Je saisis l'animal par la peau du cou et l'enfermai dans sa cage d'osier. Il n'eut pas le temps de se débattre. Je refermai le couvercle et sortis de chez moi, le panier à la main.

— Tais-toi, Achille, ce n'est pas le moment de geindre.

Je marchais vite. Le cabinet vétérinaire n'était pas loin. En chemin, je me faisais la leçon. Je n'aimais pas la niaiserie : les sentiments que je vouais à cette bestiole en étaient une. Les êtres et les choses occupaient une place déterminée par la nature et il y avait de la sottise à en exagérer la dimension. Les quatre kilos que pesait mon chat avaient rempli exactement leur fonction pendant six ans. Ils s'étaient laissé caresser en ronronnant, ils avaient offert le spectacle de leur grâce. Maintenant ils m'encombraient.

— C'est fini, nous deux.

Achille ne souffrirait pas. Ce n'était qu'un chat parmi des millions. L'espèce féline n'était pas en danger. Mon cœur non plus. Je me passerais du chat. Il n'avait jamais été pour moi l'ersatz d'une autre affection.

Le vétérinaire me demanda si je voulais rester. Je secouai la tête et libellai mon chèque d'une main ferme. Le vétérinaire pouvait garder le panier, je n'en aurais plus besoin, désormais.

Il était presque midi, je devais me hâter.

*

Charles m'attendait sur le palier, assis sur une grosse valise qui contenait ses vêtements, Montaigne dans la Pléiade et une édition ancienne en vingt volumes de Saint Simon, reliée en maroquin. Il ne possédait rien d'autre. J'admirai son dénuement.

J'étais soulagée qu'il fût là. En revenant de chez le vétérinaire, j'avais craint d'avoir agi avec précipitation et en pure perte. J'aidai Charles à débarrasser mes étagères pour qu'il pût y ranger ses livres et je suspendis ses vêtements dans l'armoire. Son emménagement ne nous prit pas un quart d'heure.

Nous vécûmes ensemble deux ans.

*

Je n'avais pas renoncé à la littérature. Je m'efforçais sans relâche. Je me relisais, et ne m'apercevais nulle part. Les critiques de Charles étaient toujours présentes à mon esprit, et je devais bien admettre leur justesse. Je me contentais d'attraper des styles, des manières ; je plagiais plus ou moins.

Charles gribouillait sans cesse et refusait de me montrer le contenu de ses carnets de moleskine. Un soir que j'avais insisté plus que de coutume, il céda et me lut un poème qui me parut éblouissant. J'en fus bouleversée. Accablée aussi. Jamais je ne serais douée d'une telle inspiration.

Le lendemain, je remisai ma machine à écrire sous sa housse. Je n'étais pas une artiste. Je me consolai. Charles était un génie et il m'aimait.

Peu après, le laboratoire qui employait mes services me signifia qu'il se passerait de moi. On me proposa alors un poste de remplaçante dans le cours privé où Mona et moi avions suivi toute notre scolarité. Je l'acceptai. Je donnais des cours d'anglais et d'allemand, seize heures par semaine. Cela ne m'enthousiasmait guère mais je croyais cet état provisoire. J'étais loin de me douter que j'enseignerais plus de quinze ans.

Charles ne travaillait pas. Il passait d'un café à l'autre. Je l'y rejoignais. Son oisiveté m'inquiétait. Le projet avance, disait-il, quand je m'enquérais du prochain tournage, et il répondait sur un ton qui me dissuadait de poser davantage de questions. Parfois, il s'emportait d'emblée. En quoi cela me regardait-il ? C'était bien des femmes, de craindre l'avenir. Avais-je peur de manquer d'argent ? Il me fourrait une liasse de billets dans la poche et continuait de fulminer. On m'avait élevée comme une affreuse petite-bourgeoise économe. Un rien me faisait trembler. J'étais réactionnaire, timorée, avaricieuse. Il n'avait pas tout à fait tort, j'en convenais et je faisais de mon mieux pour me corriger, mais il se méprenait. Ce n'était pas l'argent qui me tourmentait. Je gagnais ma vie et Charles n'avait jamais manifesté l'intention de se laisser entretenir, au contraire. Il me remettait en liquide sa part du loyer, et avait une manière très vieux jeu de refuser de me laisser payer la moindre addition.

En vérité, j'étais avide, impatiente que sa supériorité fût reconnue et son inertie me troublait. Le doute s'insinuait dans mon esprit. Peut-être lui avais-je prêté des talents dont il était dépourvu et m'étais-je bercée d'illusions ? J'avais beau repousser ces pensées déloyales, elles s'imposaient à moi. Je commençais à mesurer mon grand homme.

*

La petite lueur que j'avais entrevue, lors de notre première nuit, s'était dissipée dès la seconde. Je faisais l'amour avec lui sans déplaisir, mais sans émotion. Charles ne s'en plaignait pas. Je supposais qu'il avait décidé, une fois pour toutes, de ma frigidité, et qu'il s'en arrangeait. Cela m'évitait l'effort de feindre, mais j'étais affreusement déçue.

Cependant, je m'étais attachée à lui et, à sa façon, bien qu'il parût toujours me mépriser un peu, il semblait tenir à moi. La première année, il se montra tendre et attentionné. Il glissait dans mon sac de petits billets affectueux et drôles et il m'apportait des fleurs. Il savait s'y prendre. Il me maintenait sous son charme et je n'imaginais pas plus me passer de lui que je n'avais imaginé pouvoir me passer de mon chat. Il l'avait remplacé, en quelque sorte.

*

Charles et moi n'avions pas une relation commune. Mes amis, à l'unisson, l'avaient déclaré insupportable et prétentieux. Il avait fait le vide autour de moi. Nous vivions en huis clos. Nos relations se détérioraient et ce fut bientôt l'enfer.

Je découvris peu à peu qui était Charles, en quoi consistaient ses activités. Il ne s'en cachait plus. Il me manipulait d'une façon odieuse. Malgré moi, j'étais complice de ses agissements. J'étais prise au piège. Il me faisait peur. Je n'osais pas rompre.

Ce fut la police qui m'en délivra : un beau matin, elle vint l'arrêter.

Il écopa de plusieurs années de détention.

J'étais soulagée qu'on l'eût condamné. Sa peine me débarrassait de lui. Je n'allai pas le visiter en prison. Je ne voulais plus jamais le voir, ni entendre parler de cet homme. Il m'envoya quelques lettres. Il me demandait pardon. Je ne répondis à aucune. Il cessa de m'écrire.

Je n'avais jamais parlé de lui à quiconque. J'avais presque réussi à effacer son souvenir. Jusqu'à aujourd'hui.

Je décidai de m'absenter au moment du tournage, sous un prétexte quelconque, et je finis par m'endormir, rassurée. Je ne reverrais pas Charles Roch. Rien au monde ne m'y obligeait.

Le lendemain ni les jours suivants, nous ne reparlâmes de Charles Roch ou du tournage. J'essayais de ne plus y penser. Le calme était revenu parmi nous, et avec lui le beau temps. Stéphanie entra en seconde, au lycée de P., et Mona reprit sa permanence du matin, à l'association culturelle de Murdaires.

Ce fut un mois de septembre incomparable. Je passais mes matinées seule. Je marchais. La campagne avait cet air gras et paresseux qu'elle prend quand l'été s'évanouit. Je me grisais de lumière, du parfum des terres labourées, des premières senteurs de l'automne. Les renards se faufilaient dans les vignes violettes. De mes longues promenades, je rapportais des bouquets de feuillage aux couleurs étourdissantes et j'en remplissais la maison.

L'Aquarium était construit dans le fond d'une carrière désaffectée, envahie de ronces et de mauvaises herbes. Mona s'était mis en tête de lui donner l'aspect d'un jardin. L'après-midi, nous défrichions ensemble. Elle avait loué une débroussailleuse. Nous dégagions des fourrés quelques trésors : un chêne maigrichon, un noisetier, un rosier sauvage. Nous flânions dans les serres des horticulteurs. Nous imaginions des bosquets, des allées. Ni l'une ni l'autre ne connaissait grand-chose au jardinage, mais nous nous amusions comme des gamines et nous étions ravies de nos sécateurs, de nos gants de toile et de nos bottes en caoutchouc.

L'association dont Mona s'occupait bénévolement regroupait plusieurs activités. Elle abritait une troupe de comédiens amateurs, faisait venir des conférenciers qui traitaient de sujets divers, organisait des expositions de peinture et des séances de ciné-club.

Les jeunes Murdairois boudaient la plupart de ces manifestations. Mona reconnaissait elle-même que leur qualité était souvent médiocre et qu'elles avaient un caractère suranné. Cependant, elle ne désespérait pas. Elle croyait aux effets bénéfiques de cette association et ce travail était pour elle une planche de salut. Depuis la mort d'Olivier, elle lui consacrait une énergie folle.

Elle présidait le club de théâtre. On montait une pièce chaque année, dont on donnait une représentation unique dans la salle des fêtes, au mois de juin. Mona s'employait à recueillir des subventions auprès de la commune et des notables de la région, et elle avait la charge de la régie. Elle veillait aux décors, aux costumes, en un mot, elle se dévouait corps et âme à la réussite de l'entreprise.

Le choix de la pièce qu'on jouerait donnait lieu à des discussions passionnées entre les membres de l'association. Cette année, ils se partageaient entre *Les Précieuses ridicules* et une adaptation des *Affinités électives.* Mona penchait pour les *Affinités électives*. Elle avait réussi à rallier la plupart des protagonistes, mais Anne Cannelle lui opposait une résistance acharnée. Anne était une adversaire de poids : elle était la femme du maire de Murdaires et tenait en général le rôle principal des productions.

Mona invita Anne et son mari à dîner à la maison. Elle mit les petits plats dans les grands ; elle était excellente cuisinière et le repas fut exquis. Nous prîmes le café au salon ; Anne et Mona commencèrent à se chamailler tant et plus. Pierre Cannelle leur prêtait une oreille distraite. Il arborait le sourire condescendant d'un homme politique qu'on ennuie avec des préoccupations mineures. Mais sa femme était fraîche et délicieuse. Elle avait le verbe vif et charmeur, et au bout d'un moment, il fut évident que Mona cédait du terrain. Elle s'y prenait mal. Elle bafouillait. Je l'interrompis.

— Je crois que vous avez raison, Anne. *Les Précieuses* sont plus gaies. Mais c'est dommage, vous auriez fait une si belle Charlotte.

Le compliment la désarçonna. On pouvait suivre sur son visage le cheminement de sa pensée. La flatterie est souvent le meilleur des arguments. La jeune femme continua de batailler encore, mais pour la forme. Au bout de dix minutes, elle se rendit. Mona eut le triomphe modeste, mais après que ses invités furent partis, elle me sauta au cou. Elle était tellement contente, d'autant plus que la vie que nous menions lui paraissait semblable à celle que menaient le baron et Charlotte, avant l'arrivée d'Odile et du capitaine. Comme eux, nous étions paisibles et comme eux, nous jardinions.

Je hochai la tête. Je redoutais l'arrivée du capitaine.

*

Stéphanie déjeunait à la cantine du lycée. Nous ne la voyions pas de la journée. Ses rapports avec sa mère s'amélioraient. Il subsistait bien entre elles d'inévitables petits conflits, mais ils s'apaisaient facilement.

Malgré cette embellie, Mona se tracassait pour sa fille. Elle la jugeait trop maigre, trop solitaire, elle s'alarmait de ne jamais la voir fréquenter de garçon — ce n'est pas normal ; à son âge, moi… — et surtout, elle était terrifiée à l'idée que Stéphanie pût se droguer.

Je tâchais de la rassurer. Stéphanie était une

élève brillante. Mona secouait tristement la tête. Stéphanie ne fumait pas. Mona se lamentait. Il fallait bien qu'elle eût un vice. J'essayais de la détendre. Elle pouvait se considérer heureuse que sa fille ne se fût pas encore percé le nez ni le nombril. Mona fondait en larmes. Cela arriverait un jour ou l'autre.

C'est le propre des mères de se livrer à la certitude du pire et je trouvais chez Mona cette propension exagérée, mais je comprenais son inquiétude : Stéphanie était particulière.

Elle n'était pas laide et deviendrait sans doute jolie ; elle avait le cœur sur la main et les manières affectueuses de sa mère ; pourtant, elle n'avait pas d'amis. Elle était toujours seule, et quand elle rentrait de l'école, elle s'enfermait dans le bureau de son père, que Mona lui avait abandonné. On ne pouvait rêver un endroit plus lugubre. Située un peu à l'écart de la maison, c'était une niche creusée dans la falaise et tapissée d'aluminium ; une vraie chambre froide, tout juste bonne à y suspendre des gigots. Stéphanie y passait des heures. Elle dessinait, elle lisait. Elle n'avait pas d'autres distractions. Elle ne s'intéressait à rien de ce qui passionnait les gens de son âge, et le week-end, nous devions insister pour qu'elle vienne se promener avec nous ou qu'elle m'accompagne au cinéma.

Mona avait remarqué que Stéphanie bavardait assez librement avec moi. Elle me demanda, comme un service, d'avoir un sérieux entretien avec elle.

*

Les filles du lycée ennuyaient Stéphanie. Elles ne pensaient qu'aux garçons, aux fringues et aux boîtes de nuit. Stéphanie était de loin la plus jeune de sa classe. Tout le monde était gentil avec elle, mais on la traitait comme une benjamine. On avait à son égard des airs protecteurs. Elle se rendait compte que lorsqu'elle se joignait à un groupe, on changeait de conversation. Pas devant la petite.

Par certains côtés, Stéphanie se sentait supérieure à ses camarades, mais elle était complexée. Elle avait le sentiment que ses émotions étaient démesurées. Elle les manifestait trop fort. Elle était toujours trop gaie, ou trop triste. Elle ne maîtrisait ni son rire, ni ses larmes. Elle était rarement à l'unisson.

— Et les garçons ?

— Ceux de ma classe, ils sont complètement nuls. Et puis ils ne s'intéressent qu'aux filles qui ont de la poitrine. Moi je n'en ai pas.

Elle eut un ricanement moqueur et écarta les pans de son blouson, qu'elle n'avait pas quitté, pour me prendre à témoin. J'avais été intriguée, cet été, qu'elle se couvrît toujours d'écharpes et de vêtements flottants, et qu'elle refusât malgré la chaleur d'aller à la piscine avec nous. J'en comprenais maintenant la raison.

— Quant aux autres, c'est bien simple, ils ne me regardent même pas.

Stéphanie éclata de rire.

— Ce n'est pas un drame, tu sais, ne fais pas cette tête. Un jour ou l'autre, j'aurai ma revanche. En attendant, je préfère rester seule. Au moins, je travaille, je ne perds pas mon temps.

Je l'approuvai. Son bon sens et sa lucidité m'impressionnaient. Contrairement à ce qu'elle disait, il me semblait qu'elle maîtrisait fort bien ses émotions, et elle me paraissait étonnamment mûre pour son âge. Mona n'avait pas de souci à se faire.

— Avec toi, poursuivit-elle, je peux parler. Je sais que tu comprends. Avec Maman ce n'est pas pareil. Elle est gentille et elle m'aime. Moi aussi je l'aime, mais elle est bête.

Entendre dénigrer ma sœur me procurait toujours une secrète satisfaction. Je la réprimais aussitôt, honteuse de cette réaction. Je craignais qu'on ne s'en aperçût, et je prenais sa défense avec d'autant plus de vigueur que j'éprouvais, à le faire, un léger regret.

Cependant, Mona était loin d'être bête, et je ne laissai pas à ma nièce le temps d'énumérer ses autres défauts. Je les connaissais mieux qu'elle. Je l'interrompis. Elle baissa les yeux. Elle était devenue toute blanche et elle réduisait sa serviette en confettis.

— Tu sais, quand Papa est mort, je lui en ai voulu. Le jour de l'enterrement, tout le monde était auprès d'elle, personne ne s'occupait de moi. Comme s'il n'y avait qu'elle à plaindre. Ma peine à moi, tout le monde s'en foutait.

Elle me regarda. Ses lèvres tremblaient.

— Il me manque. Tu ne peux pas savoir à quel point il me manque.

*

Quelques jours plus tard, Stéphanie revint de l'école les yeux brillants d'excitation. Elle avait donné à lire mes nouvelles à son professeur de français.

— Il les a beaucoup aimées, me dit-elle. Il voudrait nous en faire étudier une et que tu viennes en parler avec nous. Peut-être pas ce trimestre-ci, le programme est bouclé, mais le prochain.

Je refusai tout net. J'étais contente, bien sûr, que quelqu'un reconnût la qualité de mon travail. Mais la proposition de Stéphanie me prenait au dépourvu. Tout cela était trop loin, maintenant. Ces nouvelles avaient été écrites si longtemps auparavant que je doutais presque d'en être l'auteur. Je me sentais incapable de faire face aux questions qu'auraient pu me poser les élèves. Ils m'auraient demandé pourquoi je n'avais rien publié depuis, et la couverture de mon petit livre, démodée et défraîchie, eût dénoncé, mieux que mes rides, le temps écoulé. Cette confrontation n'aurait fait que m'humilier et ranimer mon sentiment d'échec.

Stéphanie ne chercha pas à dissimuler sa déception. Elle demeura silencieuse pendant tout le dîner et monta dans sa chambre. Je restai seule avec Mona.

— Elle pensait te faire plaisir.

— Je sais.

Mona n'insista pas. Sa délicatesse me surprenait toujours. Nous reprîmes notre sujet de conversation préféré : le jardin. Nous avions presque fini de débroussailler la carrière. Il fallait maintenant songer à la planter. Nous passâmes une bonne partie de la soirée à feuilleter des catalogues sur la table de la cuisine et à nous extasier sur des pivoines, des iris et des rhododendrons. Mona notait soigneusement sur une colonne la saison recommandée pour les semailles, et sur l'autre, l'époque des floraisons. Il lui paraissait important que le jardin fût fleuri toute l'année.

L'heure tournait. Nous ne nous en rendions pas compte, tout à nos rêves de parterres et de plates-bandes. Mona sursauta. Il était plus de minuit. Nous montâmes nous coucher.

Avant de nous séparer, elle me retint par le bras.

— Je peux être indiscrète ?

Je bâillai.

— Si tu veux.

— Pourquoi n'écris-tu plus ?

— Comme ça.

Mona soupira.

— C'est dommage, tu avais tellement de talent.

Je savais qu'elle conservait encore pieusement un cahier de poèmes que j'avais composés à l'âge de quinze ans. L'admiration qu'elle me vouait me mettait toujours mal à l'aise.

— Pourquoi ne profites-tu pas de ton séjour ici ? Tu n'as à t'occuper de rien. Stéphanie et moi nous ne te dérangerons pas.

Parfois, dans sa voix et dans ses yeux, passait une expression si suppliante, si humble, qu'il était difficile de lui refuser quelque chose.

— Tu peux dire à Stéphanie que j'accepte. J'irai à son école, quand elle voudra.

Mona me serra dans ses bras. Je n'aime pas les effusions et ma sœur était beaucoup plus grande et forte que moi ; son étreinte m'étouffait. Je me dégageai avec un peu d'impatience.

*

Le lendemain, je trouvai devant ma porte un petit paquet. J'avais oublié que c'était le jour de ma fête et que Mona y eût pensé me toucha. Le paquet contenait un cahier et un joli stylo.

J'annonçai que je me remettais à écrire. Stéphanie et Mona battirent des mains.

Le temps s'était considérablement rafraîchi. Mona ne voulait plus que je l'aide à travailler au jardin. Il fait froid, et tu as bien mieux à faire, disait-elle.

Je passais donc mes journées dans ma chambre, étendue sur mon lit. Je contemplais le ciel qui se chargeait d'hiver, les merles et les moineaux. L'après-midi, je voyais Mona ratisser les feuilles mortes et faire de grands feux. Je l'enviais.

J'ouvrais mon cahier. Je commençais une phrase — je me regardais écrire avec une certaine satisfaction — et je m'interrompais pour la relire. Grammaticalement, c'était correct. Sujet, verbe, complément, ponctuation : tout y était. Cela ne ressemblait à rien. Je refermais le cahier.

— Ça avance ? demandait régulièrement Mona.

— Ça tâtonne.

— Ça avance ? demandait Stéphanie.

— Ça piétine.

Elles étaient contentes. Elles marchaient sur la pointe des pieds pour ne pas troubler mon inspiration et Mona allait dans tout Murdaires, vantant mon prochain chef-d'œuvre.

Je m'ennuyais à périr. Ma belle quiétude s'était envolée, et le moment du tournage approchait. Depuis quelques jours, Mona était excitée et fébrile comme, autrefois, avant de retrouver un nouveau soupirant.

*

J'inventai je ne sais plus quelle histoire à propos de mon appartement ou de mes locataires. Un petit incident exigeait que je fisse un saut à Paris. Je devais m'y rendre la veille de l'arrivée de Charles et y rester trois ou quatre jours.

J'avais un train en fin de matinée. Mona et Stéphanie me firent leurs adieux, au petit déjeuner. Mona prétendit regretter que je parte, juste à ce moment-là. Je n'en croyais pas un mot. Je la connaissais assez pour savoir que mon absence lui paraissait, au contraire, inespérée. Elle pourrait séduire en paix, sans témoin.

Abandonner ainsi ma sœur me tourmentait. J'avais des scrupules. A plusieurs reprises, j'avais essayé de la prévenir, mais les mots étaient restés bloqués dans ma gorge. Je ne trouvais pas le moyen de la mettre en garde contre Charles Roch sans lui dévoiler tout un épisode de ma vie, dont j'avais souffert, et qui me faisait encore honte. Je m'étais tue.

J'avais encore une bonne heure à perdre avant d'aller à la gare. Mon bagage était prêt. Je sortis. Je grimpai derrière la maison, par un sentier à moitié éboulé, et je gagnai l'endroit que Mona et moi nommions pompeusement le belvédère. C'était une minuscule terrasse envahie par les mauvaises herbes, qui dominait, à pic, la carrière. Nous y avions traîné deux vieilles chaises, et parfois, nous venions nous y asseoir, au coucher du soleil. On entendait, pas loin, chanter un ruisseau dont l'épaisseur des fourrés ne nous avait jamais permis de dénicher la source. L'endroit était sauvage, impressionnant. On s'y sentait seul et petit. La masse abrupte de la forêt l'enserrait de trois côtés comme une muraille. Le regard s'échappait, au-delà de la maison, le long du chemin. Au fond, à l'ouest, la vallée de Murdaires, toute molle et verte dans ce dur écrin de sapins noirs, semblait un lointain paradis.

Je tirai mon carnet de mon sac et j'entrepris d'écrire une lettre à Mona. Je cherchais des mots sibyllins, des allusions propres à susciter sa méfiance sans éveiller sa curiosité. La tâche était ardue. Je raturais. Je déchirais les pages, j'en faisais des boulettes que je laissais tomber à terre.

Je regardai ma montre. J'allais manquer mon train. Tant pis pour Mona. Elle était assez grande pour se débrouiller seule. Moi, quand j'avais rencontré Charles, je n'avais que vingt-deux ans.

Je me relevai et commençai à ramasser mes brouillons éparpillés. Un léger vent, à peine perceptible, s'amusait à les disséminer. Je fis un pas, pour mettre le pied sur l'un d'eux, et le sol se déroba sous moi. Je tombai dans le vide.

*

J'étais accrochée à un buisson, suspendue par mon anorak à plus de quinze mètres au-dessus du sol. J'essayai de me rétablir. Une douleur fulgurante me traversa l'épaule gauche. Prudemment, en retenant mon souffle, en serrant les dents, j'agrippai une branche de ma main droite.

Par miracle, l'arbuste résista. Mon anorak aussi. Quand Mona rentra du bureau, il me restait tout juste assez de force pour l'appeler à l'aide. Les pompiers vinrent me délivrer, à demi évanouie. On me conduisit à l'hôpital où je passai la nuit en observation. Je m'en tirais avec une déchirure des ligaments de l'épaule.

Ce n'était pas grave, mais j'étais sonnée. On me recommanda du repos.

Mona vint me chercher le lendemain matin et me ramena à l'Aquarium.

— Tu as eu une chance folle. Rien ne pousse, sur cette paroi, qu'un malheureux buisson, et tu arrives à tomber pile dessus. Tu aurais pu te tuer, gémit-elle. Enfin, comme ça, tu assisteras au tournage.

Charles me reconnut au moment de me serrer la main. Mona guettait sa réaction. Elle prit la stupeur et la contrariété qui altéraient son visage pour de l'hésitation.

— Vous connaissez ma sœur, n'est-ce pas ?

— En effet, dit Charles, je me souviens.

Il eut un sourire glacé. Mona l'entraîna plus loin.

Elle rayonnait. Elle avait décidé de donner un verre en son honneur et elle avait convié le ban et l'arrière-ban de Murdaires. Une vingtaine de personnes. Elle tenait Charles par le bras, comme un trophée, et le présentait à chacun.

Je songeai qu'elle n'avait pas jugé bon de faire cet effort pour moi. Il y avait plus de quatre mois que je vivais ici et la plupart des invités m'étaient inconnus. Cette constatation m'assombrit. Je m'assis un peu à l'écart.

Charles était vêtu d'un chandail bleu et d'un pantalon de velours. Ses cheveux courts grisonnaient. Il buvait du vin. Son apparence n'offrait plus rien d'original, ni d'étonnant. Je cherchais à déceler dans sa personne un détail, un geste qui pût me séduire, ou tout au moins excuser la séduction qu'il avait autrefois exercée sur moi. Je ne voyais qu'un homme quelconque, que rien ne distinguait de ses semblables et qui s'approchait, vaincu, de la cinquantaine, le dos voûté, les joues lourdes. Il portait sur lui les stigmates de ses défaites et de ses vicissitudes.

Anne Cannelle me rejoignit.

— Il paraît que vous êtes une vieille amie de ce Charles Roch ?

Je reconnaissais bien là Mona : prompte à s'enticher du premier venu, elle éprouvait cependant le besoin de s'inventer des cautions. Il fallait qu'un bouc parrainât ses coups de tête. Je ne répondis pas.

Anne soupira.

— Quel homme charmant.

Je tournai la tête vers elle, interloquée. Elle n'ironisait pas. Je me tus.

Je passai une soirée maussade. Mon épaule me faisait mal et j'observais Charles évoluer au milieu de ces paisibles bourgeois dont il avait horreur ; il faisait leur conquête, l'un après l'autre. Tous s'empressaient autour de lui. Certes, les amis de Mona manquaient de distractions et je comprenais qu'ils fussent avides de nouvelles rencontres, mais j'avais beau mettre les politesses dont ils entouraient Charles sur le compte d'une curiosité passagère, je ressentais son succès comme un affront. A moi, personne ne parlait. Mona s'était désintéressée de moi dès l'arrivée de Charles et elle ne le quittait pas d'une semelle. Elle souriait, béate, aux moindres paroles de son - ami - le - réalisateur - de - télévision. Mona avait toujours rêvé d'être entourée de vedettes et de gens célèbres. Toute émanation du petit écran la mettait dans un état second. Toute miette de gloire lui semblait bonne à ramasser. Je la regardais se dandiner. Elle m'énervait.

Je sortis. La nuit était très noire. Je m'assis sur une souche, face à la maison ; j'avais été heureuse, ici. Charles vengeur venait m'en déloger. J'entendais fuser des rires ; cette gaieté dont j'étais exclue, à laquelle il participait, me poignait. Je n'avais ma place nulle part.

Il faisait froid. Je grelottais. Je ne bougeais pas. Je formai le vœu puéril de tomber malade, afin que Mona, demain, s'occupât de moi et se repentît de m'avoir négligée.

Une main se posa sur mon bras.

— Toi aussi tu t'ennuies ? demanda Stéphanie.

Elle se blottit contre moi.

— Maman est ridicule. J'ai honte. Elle se conduit comme une minette et je n'aime pas ce type. Il ne regarde pas en face.

Je l'étreignis de toutes les forces de mon bras valide. Je n'étais pas la seule à ne pas partager l'engouement général.

*

Le lendemain, Mona s'attendait à voir des camions régie se déployer autour de la maison, une nuée d'assistants, de techniciens et de machinistes l'envahir. Charles se présenta, à neuf heures, accompagné d'un unique jeune homme au nez pointu ; la caméra vidéo qu'il portait sur l'épaule était à peine plus impressionnante que le camescope d'Olivier. La modestie de cette équipe la décevait. Elle s'efforçait de le dissimuler. Stéphanie avait obtenu de sa mère l'autorisation de faire l'école buissonnière pour assister au tournage. Elle me lança un regard entendu. Le héros se déboulonnerait bien tout seul.

Charles et son acolyte consacrèrent la matinée entière à tourner des plans en extérieur. La tâche était compliquée, leur éclairage insuffisant, et la maison, tout en verre, multipliait les difficultés. Je les observais de ma chambre, où je m'étais retirée. Le jeune homme, qui remplissait tout à la fois les fonctions de cadreur, d'éclairagiste et de preneur de son, se démenait en tous sens, trimbalait le pied et la girafe d'un bout à l'autre de la carrière. Charles ordonnait, consultait son carnet de notes — un carnet de moleskine noire, à tranche violette —, et Mona allait et venait, sautillante, un thermos de café à la main. Stéphanie s'était claquemurée dans le bureau de son père. De temps à autre, elle en ouvrait la porte et, debout sur le seuil, les bras croisés, elle considérait la scène un court instant.

*

A l'heure du déjeuner, nous nous retrouvâmes dans la cuisine. Le froid avait mis du rouge aux joues de Mona. Elle était essoufflée. Elle ne se rappelait pas s'être autant amusée dans sa vie, déclara-t-elle en se mettant à table.

Nous formions un groupe de convives insolite. Stéphanie et moi ne disions rien, le jeune homme au nez pointu, pas davantage. Mona pépiait. Le cinéma la passionnait. Elle voulait tout connaître des règles du métier, de ses astuces et de son jargon. Charles subissait sans sourciller l'assaut ininterrompu de ses questions. Il y répondait, à sa manière brève et entrecoupée, et ses réponses, si prosaïques fussent-elles, plongeaient Mona dans un ravissement manifeste.

Chacun des gestes de Mona, chacun de ses

jeux de physionomie, me rappelaient avec une précision vertigineuse les émotions et les sensations qui s'étaient emparées de moi, quand j'avais rencontré Charles. Je me reconnaissais ; je ne reconnaissais pas Charles.

Sa morgue l'avait quitté. Il écoutait sans ironie et s'exprimait sans dédain. Il avait un sourire bienveillant et tendre. Un homme doux, attentif. Je me méfiais de cette métamorphose. La vie, sans doute, n'était facile pour personne, et nous étions tous contraints de rabattre nos prétentions, de courber un peu la tête. L'usure amollit les pierres, en érode les angles. Cependant, il me semblait impossible qu'un être pût changer à un tel point. Je cherchais à percer la part d'hypocrisie, de mensonge, dans ce nouveau comportement ; j'avais envie de crier aux habits neufs de l'empereur. De lui arracher son masque. Je cherchais aussi à percer s'il était conscient de l'effet qu'il produisait sur Mona, s'il le suscitait volontairement. Je l'étudiais avec attention, le cœur battant. Mais Charles m'ignorait, et l'expression de son visage était indéchiffrable.

Pierre Cannelle, étrennant un costume neuf,

vint prendre le café avec nous. Charles lui avait proposé d'intervenir dans le documentaire. A peine assis, il tira de sa poche plusieurs feuillets, et nous lut le discours qu'il avait préparé le matin même sur son rôle de maire dans le développement de l'urbanisme. Il était tout pénétré de son importance et de sa dignité. Il ménageait ses effets. Charles écoutait, le menton appuyé dans le creux de sa main. Il tournait sa cuiller dans sa tasse, avec application. L'exposé de Cannelle n'en finissait pas. Assommant et prétentieux. Charles leva les yeux, rencontra mon regard posé sur lui, et me fit un clin d'œil.

Je lui souris, malgré moi, et baissai aussitôt les yeux.

Pierre Cannelle toussota. Il avait achevé sa péroraison.

— On sera malheureusement obligé de couper un peu, mais c'est très bien, dit Charles.

Mona renchérit. L'un et l'autre affichaient l'indulgence des gens heureux.

*

L'après-midi, Charles devait filmer l'intérieur de l'Aquarium. Je m'éclipsai. Je pris ma voiture et roulai au hasard. Je conduisais lentement, handicapée par mon épaule et mon bras bandés.

J'étais en proie à des sentiments confus et contradictoires. Je n'avais jamais eu la force de haïr Charles. Ma rancune se contentait de mépris. Mais mon mépris n'ôtait rien à son charme et je le subissais malgré moi. Je comprenais que Mona fût attirée par lui. Sans doute ses yeux inquiets et ses épaules basses lui plaisaient-ils aussi. Certaines femmes raffolent de la faiblesse des hommes ; leurs échecs et leurs cicatrices les rassurent. La littérature regorge de ces maîtresses-là. Elles ont des hanches et des poitrines opulentes. Leurs couches sont accueillantes, leurs étreintes nourricières ; les hommes s'y nichent et s'y consolent. Elles donnent sans compter. Elles ne demandent rien.

Je n'appartenais pas à cette catégorie. La vulnérabilité masculine, au contraire, m'effrayait. J'avais toujours exigé de mes amants qu'ils fussent forts et infaillibles. Je ne leur pardonnais aucun faux pas. Je les avais tous quittés. J'étais restée seule, je ne le regrettais pas.

Pour la première fois, je me demandai si je n'avais pas eu tort. Mona était bien meilleure psychologue que moi. Parce qu'elle était plus simple, plus spontanée, elle commettait moins d'erreurs et percevait avec davantage de justesse le caractère des gens. J'avais une confiance aveugle en son jugement et le fait qu'elle s'intéressât à Charles m'obligeait à reconsidérer le passé. Peut-être y avait-il eu de ma faute, alors. J'étais maladroite, sèche, intransigeante. Peut-être, Mona, à ma place, s'en serait-elle mieux tirée. Avec l'instinct du bonheur qui la caractérisait, elle aurait su épanouir les qualités de Charles et en profiter. Rien d'affreux ne serait arrivé.

Je ne me souvenais pas qu'aucun garçon eût résisté à Mona. Si elle l'avait décidé, Charles deviendrait son amant. Je ne pourrais rien faire pour l'empêcher. Et il la rendrait heureuse. D'une certaine façon, c'était cela le pire. Que Charles, cet homme qui avait été le mien, et me l'avait fait si cher payer, pût rendre ma sœur heureuse.

J'étais troublée. Je prononçais leurs noms à voix haute, Charles et Mona, cela sonnait bien et ma nervosité augmentait.

Je passai devant le supermarché. Je m'y arrêtai. J'aime acheter la nourriture par grosses quantités, bourrer des caddies de provisions de sucre, d'huile et de savon, comme si la guerre devait éclater demain. Je n'avais pas l'habitude de ce plaisir. Mon célibat et l'étroitesse de mon appartement me l'avaient rarement autorisé. Depuis que j'étais à Murdaires, j'en profitais. Je remplissais la cave et le congélateur. C'était la seule manière que j'avais trouvée de payer mon écot. Mona était généreuse et refusait de me laisser participer aux dépenses de la maison.

Mais aussi, j'aime l'atmosphère des supermarchés. J'aime l'abondance et la profusion des gondoles. J'aime m'égarer entre les rayons, m'abrutir de bruit, de fonds sonores et d'annonces publicitaires. Cette agitation me calme.

Je fis des courses démesurées. Un magasinier, gentiment, m'aida à pousser mon chariot.

Quand je sortis du magasin, il faisait presque nuit. J'étais apaisée. Le coffre de ma voiture ne suffisait pas à contenir mes achats.

*

Mona et sa fille étaient seules. Elles déchargèrent les courses sans faire de commentaires. J'eus l'impression que rien de ce que j'avais acheté ne leur faisait plaisir.

— Où sont les autres ? demandai-je.

— Ils ont dû interrompre, à cause du manque de lumière. Ils sont repartis. Ils logent à l'hôtel du Lynx. On les reverra demain.

Je fus satisfaite d'apprendre qu'ils ne dînaient pas à la maison. Je n'en dis rien. Nous grignotâmes sur un coin de table les restes du déjeuner. Stéphanie souriait dans le vide. Quand elle croisait mon regard, elle fronçait les sourcils, et son visage retrouvait son expression habituelle, fermée. Mona avait l'air pensif. Ni l'une ni l'autre ne disait rien. Leur silence finit par me peser. J'avais le sentiment qu'elles me cachaient quelque chose. Je demandai comment s'était déroulé l'après-midi.

— Bien, dit Mona. Je crois que le documentaire sera excellent. Et Stéphanie a montré ses cartons à Charles Roch. Il les a trouvés remarquables.

Ni Mona ni moi n'avions jamais eu la permission de voir les dessins de Stéphanie.

— Il a bien passé une heure à les examiner, n'est-ce pas, Stéphanie ?

Le sourire de Stéphanie s'élargit. Elle baissa les yeux.

— C'est agréable, dit-elle, de montrer ce qu'on fait à quelqu'un qui comprend. C'est rare.

Je me sentis blessée. Mona se rengorgea. Elle était fière de son enfant. Fière de Charles.

Je montai me coucher. Heureuses, la mère et la fille n'avaient plus besoin de moi.

*

Le lendemain matin, très tôt, je sortis marcher dans les bois. J'étais triste, simplement triste. Un sentiment comme de la glu. Le dégoût de moi-même me remontait à la gorge, comme une humeur nauséabonde.

Je tombai nez à nez sur Charles.

— Je te cherchais, dit-il.

Ses yeux jaunes souriaient. Les mêmes yeux jaunes, comme de l'ambre, et leurs cils noirs, très épais.

— Nous nous sommes fait la guerre, tous les deux, n'est-ce pas ?

Il s'assit sur une grosse pierre, tête basse, les genoux écartés, les mains croisées. Je l'examinais. Rien de ce qu'il dirait ne pourrait m'atteindre. Il était un étranger. J'étais une étrangère. Bien mieux. Je n'étais pas là. J'étais ailleurs, très loin. Je me demandai à quel âge les cheveux cessent de briller. Les siens brillaient encore. Mais ils s'éclaircissaient, sur le sommet de son crâne. On voyait la peau.

— Je ne m'attendais pas à te retrouver ici. C'est curieux, n'est-ce pas, le hasard. Tu sais, j'ai beaucoup pensé à toi, pendant toutes ces années.

Je ne bougeais pas, j'étais pétrifiée. Charles leva les yeux sur moi. Je regardais le vide.

— Je t'ai fait du mal, je sais. Écoute — il me prit la main, je la lui abandonnai, comme une chose inerte qui ne m'aurait pas appartenu —, peut-être ne nous reverrons-nous jamais. Je voulais simplement te demander pardon. Que tu oublies. Que tu cesses de m'en vouloir.

Je ne pouvais pas répondre. Il me semblait tout à coup qu'une seule parole, même la plus légère, la plus insignifiante, suffirait à rompre la digue de toutes les larmes que je n'avais jamais versées. J'avais la bouche sèche.

— Au moins, dit-il, il faut que tu saches que je t'ai aimée.

Il approcha ma main de sa bouche, et déposa sur la paume un baiser. Un long baiser, appuyé, les lèvres entrouvertes. Son nez froid sur la naissance de mon poignet. Je ne ressentis rien. Ce n'était pas ma main.

Il se redressa, un peu lourd, un peu pataud, et comme je continuais de fixer le vide — pas le vide, un champignon sur un arbre, juste derrière lui — il s'en fut.

*

Charles et son assistant ne s'attardèrent pas à l'Aquarium, ce jour-là. Ils tournèrent un ou deux plans de coupe et remballèrent leur matériel. Charles serra la main de Mona, assez cérémonieusement.

— Je vous tiendrai au courant, dit-il, et vous recevrez une invitation pour la projection.

Il partit. J'étais soulagée que rien ne se fût passé entre Mona et lui. Et il avait dit que nous ne nous reverrions sans doute jamais.

*

La vie reprit son cours monotone et confortable. Mona continuait de se dévouer à son association, Stéphanie allait à son lycée, j'ouvrais et je refermais mon cahier. En apparence, rien n'avait changé. Nous nous entendions toujours aussi bien, toutes les trois. Cependant, l'équilibre était brisé. On nous avait arrachées à la grisaille de notre quotidien, pour nous y replonger aussitôt, et le quotidien, à présent, ne nous suffisait plus.

Je me souvenais des premiers temps de mon installation à Murdaires. Mona et moi avions toujours quelque potin à rapporter sur d'anciens condisciples, untel autrefois si frêle, tu t'en souviens, maintenant ventripotent, les déboires d'un autre ou la réussite si louche d'un troisième. Stéphanie ne se lassait pas de nous entendre raconter nos bêtises et notre enfance. Il nous semblait que la vie entière ne suffirait pas à nos épanchements. Nous devions nous raisonner pour nous coucher, nous rappeler que nous avions tout le temps, demain, après-demain, de reprendre nos conversations. Nos fous rires nous tenaient longtemps éveillées dans nos lits blancs. La jeunesse de Stéphanie et cette maison de verre, dans laquelle il semblait invraisemblable de conserver un secret, contribuaient à notre légèreté, à notre innocence.

Nous avions été, les unes pour les autres, une source de réconfort. Nous devenions une source d'ennui. Nous nous évitions. La télévision restait désormais allumée chaque soir. Nous nous retrouvions devant l'écran, muettes, chacune emmurée dans ses pensées.

*

Le 1er novembre, la famille Maréchaux se rendit sur la tombe d'Olivier. Stéphanie passait ensuite la soirée chez ses grands-parents.

J'accueillis Mona, à son retour du cimetière, avec une soupe au potiron. J'avais allumé des bougies et dressé une jolie table.

Mona se laissa servir. Ses larmes coulaient. Elle ne cherchait pas à les contenir, elle ne les essuyait même pas.

— Il te manque ? demandai-je.

— J'espérais qu'il me donnerait de ses nouvelles, dit-elle.

J'avais oublié Charles. Mona avait oublié Olivier.

Elle se mit à parler. Elle me parla pendant des heures, comme si j'avais, par ma question, libéré un flot longtemps retenu. Elle me dit ses nuits désertes, son corps asséché ; les brusques tensions qui lui assaillaient le ventre et la tordaient en tous sens entre les draps ; ce désir fou, animal qu'elle avait d'être prise, homme ou bête, et qu'elle étouffait en se mordant les poings, à se faire saigner les jointures, jusqu'à ce que ses mâchoires lui fissent mal, que la fatigue eût raison de sa faim ; ses aubes éreintées, trempées d'une sueur solitaire.

Elle ne me quittait pas des yeux. J'écoutais ses confidences, captive. Son manque de pudeur m'embarrassait. Elle parut s'en apercevoir, au bout de quelque temps, et elle se leva, mal à l'aise.

— Je ne sais pas pourquoi je te raconte tout ça, tu ne peux pas comprendre.

Une fois seule, dans ma salle de bains, je me regardai longuement dans la glace. Ma silhouette était restée juvénile. J'avais encore des bras minces et bien dessinés, le ventre plat et les cuisses fermes, mais je semblais dépourvue de chair et d'appétit. Mon visage était celui d'une femme déjà mûre que la vie n'avait pas comblée. Mes yeux, autrefois brillants, presque fiévreux, étaient devenus durs et inexpressifs comme ceux des chats. Mona avait raison. Je ne pouvais pas comprendre. J'avais l'air d'une vieille fille.

Au début du mois de décembre, un samedi, Stéphanie disparut. Nous appelâmes le lycée. On l'avait vue en classe, ce matin-là. Ensuite, elle avait pris le train, comme les autres, pour rentrer à Murdaires. Ses camarades nous le confirmèrent. Depuis, personne ne savait ce qu'elle était devenue.

Dans la soirée, j'alertai la gendarmerie et les hôpitaux des environs. La petite restait introuvable.

Mona était prostrée sur le canapé, le regard fixe. Elle rejetait, d'un geste résigné, toutes les hypothèses consolantes et raisonnables dont je l'accablais. Je suivais sur son visage les progrès de l'angoisse. Elle rétrécissait.

Vers minuit, j'eus faim. Mona refusa d'avaler quoi que ce soit. Nous ne prononcions plus un mot. Il se mit à neiger. Les flocons tombaient lentement, gros et légers comme des boules de coton, et la nuit, peu à peu, devenait blanche et horriblement silencieuse. Ce blanc et ce silence me rappelaient la naissance de Stéphanie.

*

Mona avait voulu accoucher à Paris. Pour je ne sais plus quelles raisons, Olivier n'avait pu l'y accompagner. Elle me téléphona à l'école au moment de partir pour la clinique ; j'abandonnai mes élèves et m'y précipitai. A la réception, on m'indiqua un couloir, que j'empruntai. Personne ne s'interposa. Personne ne m'empêcha de passer. A gauche et à droite, les portes donnaient sur des jambes de femmes ouvertes. Je n'osais pas regarder. Je n'étais pas de ce monde-là. J'entrai dans la salle où je croyais que Mona patientait, et je fus éclaboussée par la vision du sang. Le sang, gras comme dans une boucherie, partout sur le carrelage blanc. Je ne distinguai rien d'abord, je ne voulus pas voir, ni le visage blafard de

Mona, loin derrière les étriers, l'échafaudage maculé des draps, ni, sur la paillasse, ce petit être violet qui ne criait pas, une fille, vivait-elle ou déjà viande, pourquoi ce silence, je n'en savais rien, tant de silence, de blanc et de sang. Ma sœur était en train de mourir, il ne fallait manifester ni mon inquiétude ni mon dégoût, mon Dieu cette odeur de sang tiède qui envahissait mes poumons. La sage-femme se tourna vers moi, à peine étonnée et calmement me dit, puisque vous êtes là, passez-moi les ciseaux. Je les lui tendis. Mona eut un sourire pâle et je gagnai la porte béant sur le couloir. Ce n'était pas grave, tout allait bien, la vie, la matière, une leçon de choses et je tombai évanouie, face contre terre, sur le linoléum élastique et poisseux.

On m'emmena prendre l'air. Je marchai au hasard et j'entrai dans une brasserie. Je demandai un tartare bien relevé et une bouteille de bourgueil. Je mangeai la chair crue, je bus le vin rouge à la nausée ; je n'en laissai pas une miette, pas une goutte. Effacer, tout de suite, à jamais, le rouge par le rouge. Je fis des taches sur la nappe blanche et je retournai à la maternité.

Mona tenait son enfant contre elle. Une joie grave éclairait sa petite figure épuisée, une joie secrète, où je n'avais aucune part, une frontière qu'il ne m'était pas donné de franchir. J'effleurai de l'index le front de son bébé, et je sortis. Je ne revis plus Mona pendant quelques mois.

*

Je regardais Mona, isolée dans le tourment comme elle l'était dans la joie. J'entendais battre le sang — toujours le sang — dans mes veines et d'atroces images me venaient à l'esprit — Stéphanie, pauvre Stéphanie, perdant le sien dans la neige — et je savais que les mêmes et de pires assaillaient Mona. Le temps s'était disloqué comme celui des cauchemars. Les aiguilles de l'horloge continuaient de trotter avec leur brutale régularité.

Le jour se leva enfin. Plus jamais je n'aimerais les premières neiges ; ces matins vierges et froids, aveuglants de lumière, leurs bruits effacés me feraient désormais penser à Stéphanie, à son linceul.

Mona, blottie dans un angle du canapé,

n'était plus qu'une chose inerte, ratatinée. Je la couvris d'un plaid. Elle ne réagit pas. Elle ne sembla pas même s'en apercevoir.

J'allai dans la cuisine et je fis du café. Cette longue nuit d'attente et d'angoisse ne m'avait pas fatiguée. Je suis de ceux que les catastrophes raniment, qui puisent leur énergie dans l'adversité. Le malheur qui s'abattait sur ma sœur me fortifiait. L'avenir m'apparaissait de façon très nette. Mona ne s'en remettrait jamais. Cette tragédie la briserait définitivement. Elle aurait besoin de moi. Je ne la quitterais pas. Je m'occuperais d'elle, je la déchargerais de tout. Ma compassion n'avait pas de limites, mon dévouement n'en aurait pas davantage.

*

A dix heures et demie, la sonnerie du téléphone nous fit bondir. Nous nous regardâmes. Je décrochai l'appareil. C'était Charles Roch.

— Stéphanie est chez moi, dit-il. Tout va bien.

Je lui passai Mona.

Je m'étais armée pour le pire, pour la douleur et pour la lutte. Je m'étais sentie invincible. Le soulagement me faisait trébucher. Mes muscles et mes nerfs, tendus depuis des heures, se relâchaient d'un seul coup, j'étais éreintée, moulue. J'avais éprouvé ce même sentiment, enfant. Maman avait dû être hospitalisée d'urgence, et notre père, boursouflé de chagrin, nous avait prévenues avec toutes sortes de précautions qu'elle allait mourir. J'avais serré les poings et rassemblé tout mon courage. J'étais déjà orpheline. Sa guérison m'avait déçue.

Mona reposa le combiné. Elle chancela. L'émotion bouleversait son visage.

Charles avait trouvé ce matin Stéphanie endormie sur les marches de son escalier. Elle avait un peu de fièvre, attrapé froid, sans doute. Il venait d'appeler SOS Médecins. Ce n'était sûrement rien de grave. Il nous donnerait aussitôt des nouvelles.

*

Les filles de sa classe, par affection pour elle, avaient décidé de déniaiser Stéphanie. Il leur semblait inconcevable qu'à son âge, elle n'eût pas encore embrassé un garçon.

Après les vacances de la Toussaint, un nouvel élève rejoignit leurs rangs. Il était trop gauche et imberbe pour mériter l'attention des plus délurées. Elles jetèrent donc leur dévolu sur lui. Il conviendrait parfaitement à Stéphanie.

Quelques semaines suffirent à organiser l'affaire. On fit circuler des billets, on convint du rendez-vous décisif, un samedi matin.

Les idylles des adolescents de Murdaires se nouaient souvent à la gare. La salle d'attente offrait une couverture idéale. Le vieux chef de gare, qui avait vu ici s'enlacer et se déprendre quelques générations de jeunes gens, se gardait bien d'y mettre les pieds, et l'endroit, froid en hiver, humide en été, toujours nauséabond, ne présentait aucun attrait pour les voyageurs. Il était toujours désert.

On poussa Stéphanie à la porte. Elle entra à contrecœur, les mains dans les poches. Le nouveau l'attendait debout, bien plus grand qu'elle. Elle s'approcha de lui avec embarras. Il détourna les yeux. Il n'avait pas l'air emballé, non plus, par la perspective de ce baiser. Puis, résolument, il empoigna Stéphanie par les épaules et se pencha. Elle eut à peine le temps de respirer l'odeur fade du café au lait, une langue énorme s'enfonça dans sa bouche et s'y maintint immobile.

Stéphanie comptait les secondes. Elle se demandait combien de temps cela durerait. Cette intromission baveuse lui donnait la nausée et lui coupait le souffle. Elle aurait volontiers recraché. Elle se força à ne pas trahir son dégoût. Elle était consciente de vivre un moment important et la conviction que cette épreuve, toute désagréable fût-elle, la hissait au rang de celles qui savent, l'aidait à conserver sa dignité.

La main du garçon quitta sa nuque et se posa sur son torse. Il s'écarta d'elle.

— Tu es plate, constata-t-il, et tu n'as pas d'expérience.

Le train arrivant sur la voie mit heureusement fin à la confusion de Stéphanie. Elle ramassa ses affaires et se précipita. Ses camarades la rejoignirent et se pressèrent autour d'elle.

— Alors, qu'est-ce que ça t'a fait ?

Stéphanie prit un ton dégagé.

— Rien, mentit-elle. Absolument rien.

Les filles gloussèrent et Stéphanie, écarlate, comprit qu'elle n'avait pas donné la bonne réponse.

*

Pendant la récréation, Stéphanie se réfugia dans le coin le plus éloigné de la cour, un livre à la main. Elle ne lisait pas. Parfois, elle levait les yeux. Elle rencontrait un regard braqué sur elle et les baissait aussitôt. La rumeur de sa balourdise se répandait comme la peste. L'école entière en bruissait. Il n'y avait qu'à les voir, par petits groupes, qui entouraient le garçon, parlaient à voix basse et riaient très fort. Stéphanie les haïssait, tous.

Ensuite, on eut cours d'allemand. On étudiait *La visite de la vieille dame*. Stéphanie écoutait attentivement. Elle aussi s'en irait. Tout à l'heure. Elle irait au bout du monde, elle cacherait sa honte dans l'anonymat des antipodes. Elle fuirait les mines narquoises, les sourires entendus. Et puis, dans bien longtemps, comme Claire Zahanassian, elle reviendrait. Forte. Et elle se vengerait.

*

Tout se déroula avec une facilité déconcertante. Au lieu de descendre du train à Murdaires, elle poursuivit jusqu'à Frasne. Là, elle n'eut qu'une demi-heure à attendre. Elle monta dans le TGV pour Paris. Elle avait craint d'abord que quelque chose dans sa démarche, dans son attitude, ne la dénonçât comme une mineure en fugue. Mais personne ne fit attention à elle. Elle échappa aisément aux contrôleurs et débarqua, à peine trois heures plus tard, gare de Lyon.

Elle traîna un peu autour de la Bastille. Ses affaires d'écolière pesaient lourd. Elle entra dans un café, rue Saint-Antoine. Elle but un thé, ouvrit son carnet et nota les réflexions que lui inspirait son premier jour de liberté. Elle était satisfaite de son exploit. Dès aujourd'hui, elle prenait sa vie en main. Elle ne demanderait rien à personne. Elle trouverait du travail. Elle continuerait ses études. Elle réussirait brillamment. Elle deviendrait une grande architecte. Son père, là-haut, serait fier d'elle.

Elle commanda un autre thé. Le garçon lui demanda de régler ses consommations. Trente-huit francs les deux pots d'eau chaude. Elle ouvrit son porte-monnaie et paya. Il lui restait quarante-sept francs et des pièces jaunes.

Elle s'efforça à la désinvolture. Au romantisme de la vache enragée. Les débuts difficiles suscitent les grandes carrières, c'est un fait avéré. Elle rencontrerait bien, dès ce soir, une bonne âme qui l'hébergerait. Elle commença à regarder autour d'elle.

La nuit tombait, et avec elle une petite pluie, drue et glacée. Les gens entraient dans le café, le nez et les oreilles rouges. Ils s'ébrouaient et se frottaient les mains. Ils avalaient sur le zinc quelque chose de chaud, repartaient dans un courant d'air humide, en laissant derrière eux leur odeur de chiens mouillés. Ils ne jetaient pas un regard à l'écolière.

Stéphanie se tassait sur sa banquette. Son optimisme faiblissait. Elle se demandait si elle n'avait pas agi inconsidérément.

*

J'ai toujours soupçonné ma nièce d'être partie pour Paris dans l'intention de rejoindre Charles Roch. Ses compliments sur son dessin lui avaient tourné la tête. Elle affirma le contraire. Elle prétendit n'avoir pensé à lui qu'en désespoir de cause, au moment où le café fermait. Selon ses dires, elle avait retenu tout à fait involontairement son adresse. J'en doute. Peu importe. Toujours est-il qu'à neuf heures du soir, elle sonna à sa porte. Charles n'était pas là, ce qui la désappointa. Cela, au moins, elle ne l'avait pas prévu. A Murdaires, les gens sont toujours chez eux.

Elle ne connaissait personne, à Paris. Elle décida donc de patienter. Il finirait bien par arriver. Elle s'assit sur son paillasson, s'enveloppa du mieux qu'elle put dans son blouson, et elle attendit.

Charles ne rentra qu'à neuf heures et demie du matin. Neuf heures et demie. Je relevai ce détail avec malice. Mona haussa les épaules. Elle se fichait bien de la façon dont il passait ses nuits. Elle lui vouait une reconnaissance éperdue.

On eût dit qu'il s'était jeté dans la Seine ou sous une voiture pour sauver Stéphanie. J'eus beau souligner à maintes reprises qu'il n'avait fait que rentrer chez lui, à neuf heures et demie du matin, je répète, ce qui pouvait difficilement passer pour une prouesse, je ne réussis pas à tempérer l'enthousiasme de Mona. Charles Roch. Il n'y en avait plus que pour lui.

Stéphanie passa huit jours chez Charles, dont les premiers au lit. Elle avait attrapé une angine. Elle avait de la fièvre, la gorge enflammée, et elle ne pouvait pas parler. Charles la soignait de son mieux.

Il appelait Mona matin et soir.

— C'est un ange, cet homme, disait-elle en raccrochant. Il ne quitte pas son chevet.

Charles achevait de monter son documentaire. Quand Stéphanie fut remise, elle l'accompagna au studio. L'endroit était situé dans un sous-sol. Une atmosphère fébrile et confite y régnait. Il y avait des tables de montage partout et des quantités d'images qui sautaient d'un écran à l'autre. On ne savait jamais si c'était le jour ou la nuit. Des gens affairés allaient et venaient. On buvait de la bière et du café, on allait chercher des sandwichs au bistro du coin. Nul ne s'étonnait de la présence de Stéphanie. Elle ne dérangeait personne. Elle avait apporté un bloc. Elle se tenait un peu à l'écart et elle dessinait, elle happait des attitudes, des expressions. Elle fumait des cigarettes sans avoir à s'en cacher et regardait les autres travailler, elle ne s'ennuyait pas. Parfois, Charles se retournait vers elle, s'enquérait si tout allait bien. Il la traitait avec simplicité.

Le soir, avant de rentrer chez Charles, ils s'arrêtaient tous les deux dans un petit restaurant chinois, au pied de son immeuble. Ils mangeaient une soupe ou des raviolis frits. Ils avaient de longues conversations. Son film préoccupait Charles. Il demandait à l'adolescente son avis et semblait en tenir compte. Elle racontait son enfance, son père et ses aspirations. Personne ne l'avait jamais écoutée ainsi. Personne ne s'était intéressé à elle de la sorte. Elle aurait voulu ne jamais rentrer à Murdaires.

*

Le dernier soir, Charles l'emmena dîner chez Théodore, une de ses amies. Elle habitait un appartement tout rouge qui donnait sur les toits. Une quinzaine de personnes étaient déjà rassemblées autour d'une grande table. Charles présenta Stéphanie par son prénom, à la cantonade. On s'écarta pour leur faire de la place. On leur servit du vin, une assiette de spaghettis et la conversation reprit, là où on l'avait laissée.

Stéphanie était reconnaissante aux amis de Charles de l'accueillir parmi eux avec tant de naturel. Elle les dévisageait, les uns après les autres, et leur trouvait à tous du caractère et du charme. Elle se sentait à l'aise avec eux. Personne ne semblait se soucier de sa jeunesse ni de son torse plat. Son voisin remplissait son verre avec la même régularité que celui des autres convives. Elle buvait, elle était enchantée.

Le repas traînait. Il y eut des bâillements, un silence. Théodore demanda à Stéphanie ce qu'elle faisait à Paris.

L'adolescente, déjà grise, s'entendit raconter son humiliation et sa fugue. Le récit de cette première expérience amoureuse si décevante, un baiser gluant dans une salle de gare, obtint un franc succès. On l'applaudit. Chacun y alla ensuite de son propre souvenir. On s'attendrit à qui mieux mieux sur de vieilles couleuvres et de vieilles maladresses. On rit beaucoup. Stéphanie riait comme les autres. Elle était des leurs.

On en vint aux confidences. Une femme demanda à Charles où en était sa vie sentimentale.

— Je crois, dit-il, que je suis amoureux.

Il regarda Stéphanie. La petite tressaillit, baissa les yeux, et ne prononça plus un mot de toute la soirée.

A deux heures du matin, un couple se leva et donna le signal du départ. Stéphanie se leva aussi. Elle ne s'était pas rendu compte qu'elle avait beaucoup trop bu. Elle se sentit brusquement très mal. La tête lui tournait. Elle avait les mains moites et glacées. Elle eut besoin d'air. Elle se dirigea d'un pas incertain vers une fenêtre, l'ouvrit et s'y accouda. Charles la rejoignit.

— Tu es toute blanche. Ça ne va pas ?

Ça n'allait pas très bien. Charles la soutint par la taille et l'emmena au fond du couloir, jusqu'à la porte de la salle de bains.

— Deux doigts dans la gorge et tu iras mieux. C'est le seul remède. Veux-tu que je reste avec toi ?

Stéphanie eut un geste horrifié. Elle en aurait pleuré.

— J'ai tellement honte, dit-elle.

Charles éclata de rire.

— Il n'y a vraiment pas de quoi. Ça peut arriver à n'importe qui.

Il lui tapota gentiment l'épaule et la laissa, agenouillée au-dessus de la lunette.

— C'est de ma faute, j'aurais dû faire plus attention à toi. A tout de suite.

*

Au bout d'un long moment, des heures peut-être, Stéphanie se releva. Elle se sentait mieux. Sa tête ne bourdonnait plus. Le sang y circulait à nouveau librement. Elle se passa de l'eau sur le visage et sortit de la salle de bains, prête — il le fallait bien — à affronter la commisération des adultes.

Tout le monde était parti, les lumières éteintes. Charles était seul, étendu de tout son long sur un canapé vert, à moitié endormi. Il leva sur elle un regard brouillé.

— Tu te sens mieux ? demanda-t-il.

Elle hocha la tête.

— Cela ne te gêne pas de rentrer seule ? Je crois que je vais rester ici, cette nuit.

Il lui fit un clin d'œil. Stéphanie rougit. Elle se hâta d'affirmer que ça ne l'ennuyait pas du tout. Il lui tendit les clés.

— Et cent francs, pour le taxi.

*

Il la réveilla avec des croissants et un sourire gentiment moqueur.

— Alors, cette jeune bacchante, pas trop mal aux cheveux ?

Il s'assit au pied du lit et déposa le plateau par terre. Stéphanie bredouilla quelques mots d'excuse. Il l'interrompit.

— Je ne suis pas très frais, moi non plus. Ne t'inquiète pas. Tout le monde t'a trouvée adorable et personne ne s'est aperçu de rien.

Stéphanie se redressa.

— Même votre fiancée ?

Charles lui tendit une tasse de thé et remarqua l'air renfrogné de la petite. Il rit.

— Ma parole, serais-tu jalouse ?

Stéphanie baissa les yeux.

— Il ne faut pas. Théodore n'est qu'une vieille amie.

Le visage de Stéphanie s'éclaira. Elle avala une gorgée de thé brûlant.

— Mais tu vas me promettre une chose, poursuivit-il. Ce que nous avons vécu ensemble, tous les deux, ces derniers jours, cela ne regarde personne d'autre que nous. Par exemple, je ne dirai pas un mot à ta mère de ton petit malaise ; et toi, tu ne parleras pas non plus de cette soirée d'hier. Ni de rien du tout. Ce sera notre secret. On est d'accord ?

— Je ne dirai rien. Je vous le jure.

Elle lui tendit la main. Il la serra avec un sourire grave et sérieux.

— Tu peux me tutoyer. Puisque nous sommes complices.

*

Je sus le détail de son escapade des mois plus tard. Sur le moment, Stéphanie tint sa promesse. Elle ne raconta rien.

Elle prit même un malin plaisir à répondre de façon évasive aux questions maternelles. Elle avait été malade, elle était à peine sortie de chez Charles, elle n'avait vu personne et n'avait rien d'intéressant à rapporter. Il ne lui aurait pas déplu, pourtant, d'annoncer qu'elle s'était enivrée, qu'elle fumait. Elle aurait ainsi, croyait-elle, prouvé son émancipation. Mais elle tirait de son silence, de la complicité qui la liait à Charles, à l'insu de sa mère, une satisfaction plus précieuse encore, et Mona, qui mourait de curiosité, resta sur sa faim.

Nous ne sûmes pas davantage les raisons qui avaient poussé Stéphanie à s'enfuir. Nous n'insistâmes pas. Mona continuait, comme par le passé, à considérer sa fille comme une enfant. Elle paraissait ne pas s'apercevoir que la condescendance avec laquelle Stéphanie la traitait s'était accentuée. Elle se félicitait, au contraire, que sa fille eût pris de l'assurance. Elle ne voyait pas que depuis son retour, Stéphanie, taciturne, ne sortait de sa réserve que pour exprimer son dédain. Sa supériorité n'épargnait personne.

*

Je n'aime pas Noël, les familles qui banquettent ni leurs égoïstes bombances. Je supprimerais volontiers du calendrier cette période de l'année. Mona, en revanche, l'adorait. Elle décida de donner à cette fête un éclat particulier. Bientôt, elle ne pensa plus qu'aux préparatifs.

Je la regardai faire avec étonnement. Jamais elle ne me parut aussi étrangère qu'au cours de cette semaine de décembre. Jamais non plus elle ne me parut aussi touchante.

En quelques jours, elle truffa la maison de rubans rouges et de bouquets de houx. Ce fut une débauche de bougies parfumées et d'angelots dorés. Cela scintillait. Cela puait le pin, la cannelle et la mandarine. Mona grimpait à l'échelle et suspendait des boules. Elle rajoutait à profusion des étoiles, des pains d'épice et des cacahuètes. Elle reculait d'un pas, jugeait l'effet de ses installations et rosissait de plaisir.

A l'abri d'un drap, tendu comme un paravent en travers du salon, elle décorait le sapin, dans le plus grand secret.

— Vous n'en aurez jamais vu de pareil, promettait-elle.

Elle déployait une énergie dont je l'aurais crue incapable. Elle écumait la région à la recherche de cadeaux, de dindes, de biscuits et de colifichets. Elle revenait harassée de ses expéditions, des paquets plein les mains, dont elle ensevelissait la majeure partie dans sa chambre, comme dans un coffre-fort. Défense d'entrer.

Stéphanie, distante, observait sa mère s'agiter et haussait les épaules. Mona n'y prêtait aucune attention. Une ferveur enfantine l'animait. Elle construisait seule son château de sable. Elle se moquait bien que nous fussions au diapason. Elle était heureuse.

Comme la plupart des têtes froides, je suis sujette à des accès de sensiblerie. Mona m'attendrissait. J'oubliai mon dégoût de Noël et de la boustifaille. J'allai cueillir du gui en forêt. Je farcis des dattes et je frisai des ficelles. Je me prenais au jeu.

Peut-être aussi pressentais-je qu'une période de notre vie s'achevait. J'en anticipais la fin et comme, au moment de quitter un être ou un lieu cher, on s'attarde, on prolonge les adieux, je faisais provision de regrets. Je devenais sentimentale.

La température s'était adoucie, il ne subsistait plus, çà et là, que quelques plaques de neige mouillée, qui portaient l'empreinte gracile de pattes d'oiseaux. Je grimpai au-delà des vignes. J'atteignis la lisière des résineux. La vallée de Murdaires s'étirait à mes pieds, beige, grise et douillette comme une vieille dame bien mise. Tout était absolument paisible, les champs ordonnés, la trace parallèle des sillons, le treillis des ceps. De petites colonnes de fumée s'échappaient tranquillement des cheminées, verticales. Pas un souffle de vent. Un ciel bleu pâle, molletonné.

Je marchai longtemps. Mona, avec gentillesse, m'avait mise dehors.

— Va te promener et reviens à quatre heures, quand tout sera prêt.

Elle était allée chez le coiffeur, le matin même. Elle en était revenue un peu plus blonde, les mains douces et les ongles roses, parfaitement ovales. Elle était ravissante. Je le lui avais dit, et elle avait rougi comme une jeune fille. Elle rougissait souvent, Mona. Sa peau transparente s'empourprait d'un seul coup, comme sous l'effet d'une gifle.

Je me souvenais du fard qu'elle avait piqué, lorsqu'elle m'avait annoncé ses fiançailles avec Olivier. Il était cinq heures du matin. Elle m'avait réveillée, une bouteille de champagne à la main, les vêtements en désordre.

Personne, arraché brutalement au sommeil, n'a envie de champagne. Je refusai de trinquer. Je refusai d'être son témoin. Le mariage me semblait un esclavage, la vie en province une absurdité, Maréchaux un crétin. Je lui assenai une kyrielle de sarcasmes et de méchancetés.

L'émotion, la surprise, la défigurèrent instantanément. Ses joues se marbrèrent de plaques violettes, et la racine de ses cheveux devint écarlate. Un visage ébouillanté.

Je m'étais interrompue, honteuse de mon ouvrage. Sa joie gâchée. Je m'excusai. Elle pardonna aisément, comme d'habitude.

Je m'assis sur un banc. La dent du Lynx étincelait, toute blanche au-dessus de la masse noire des sapins. Le soleil disparaissait derrière la montagne et la frangeait d'or. Le ciel d'hiver se colorait de lueurs fantastiques.

Mona n'avait plus jamais fait allusion à cette scène. Elle paraissait l'avoir oubliée. Moi pas. J'avais des remords. Je me rappelais qu'ensuite, une fois ma colère apaisée, j'avais décidé de ne plus aimer Mona. J'avais récapitulé tous les motifs que j'avais de m'en détacher, dressé l'inventaire de ses défauts, de nos incompatibilités, et je m'étais applaudie qu'elle partît vivre à cinq cents kilomètres, qu'elle eût choisi une petite vie bourgeoise. Elle sortait de mon existence, et tant mieux. Elle ne me valait pas. Je méritais autour de moi des gens plus brillants, plus originaux, j'en rencontrerais qui m'intéresseraient davantage et dont la compagnie me mettrait mieux en valeur.

J'en rencontrai effectivement, dont les goûts et les caractères correspondaient aux miens, avec lesquels j'avais plus d'affinités. Leur séduction — ou la mienne — n'avait pas résisté à l'intimité ni à l'usure du temps. Je les avais tous perdus de vue et je pensais à eux sans un battement de cœur.

Il me restait ma sœur. Ma sœur et son inaltérable fidélité. Ma sœur, toujours aiguillonnée par le désir de plaire et de faire plaisir. En cet instant même, tandis que l'ombre recouvrait la vallée, que les lumières du bourg s'allumaient, l'une après l'autre, elle devait mettre la dernière main à ses arrangements, corriger un détail, disposer des fleurs dans les vases ; j'imaginais son sérieux et son application et j'eus envie de me précipiter auprès d'elle et de la serrer dans mes bras. L'idée que ce soir, elle m'avait réservé une place au fond de cette petite vallée, ma place, ma part d'arbre, de dinde et de cadeaux — j'avais passé tant de réveillons confinée dans mon appartement, à espérer la sonnerie du téléphone et zapper d'une émission à l'autre, à m'apitoyer sur mon sort —, cette idée m'emplissait d'une émotion démesurée.

Je me mis à courir. Il fallait que je lui dise tout de suite la reconnaissance, l'affection dont je débordais. Cela ne pouvait pas attendre. C'était urgent. Je dévalai le sentier à toute vitesse. Il faisait nuit à présent. Je glissai, je trébuchai. Je tombai. Je me tordis la cheville. Un élancement traversa mon épaule, pas encore tout à fait réparée. Je me relevai et continuai de courir.

J'arrivai, boitant, hors d'haleine, devant l'Aquarium tout illuminé. Je m'arrêtai sur le seuil. J'essuyai la terre de mes souliers et je repris mon souffle. J'ouvris la porte.

Charles Roch, perché sur la table de la cuisine, un nœud papillon au cou, leva son verre à mon entrée.

— Joyeux Noël.

*

— Il a été si gentil pour Stéphanie, chuchota Mona à mon oreille, je ne pouvais faire moins que de l'inviter à passer les fêtes avec nous.

Elle portait un nouveau parfum. Un parfum lourd, suave, un parfum de soie et de déshabillé. Une robe que je ne lui connaissais pas, en cachemire lavande. Elle était pulpeuse et belle.

Je ne répondis pas. Les sentiments se retournent comme des peaux de lapin et j'étais à présent étourdie par sa duplicité. Tout ce branle-bas que je croyais m'être destiné, dont je m'étais émue — mon élan d'affection, cette course folle dans la nuit, j'étais couverte de boue et ma cheville me faisait mal — n'avait qu'un seul but : la satisfaction de ses instincts femelles et celle de Charles Roch.

C'était pour lui qu'elle s'était pomponnée, enrobée de volupté des pieds à la tête, pour lui qu'elle s'était fait masser, enduire, vérifier par des mains expertes, pour être prête à son hommage, à ses caresses. Pour lui, elle étrennait une robe chère et des escarpins vernis, et sans doute quelques dessous de satin et de dentelle ; pour lui elle avait étudié de nouvelles recettes, décoré sa maison comme une bonbonnière. Pour lui enfin, pour ce piètre mâle, ma Mona, si franche et naïve, se révélait duelle et cachottière. Elle s'était bien gardée de me prévenir. Elle avait tout combiné dans son coin.

Je montai dans ma chambre. Je pris une douche. Je sortis du placard un tailleur que je portais depuis des années, et dont l'élégance stricte, paraît-il, m'allait bien. Je me regardai dans la glace et me trouvai risible. Après tout, je n'étais pas de la fête. Je n'avais personne à séduire, moi. J'ôtai le tailleur, j'enfilai une paire de jeans et un col roulé noir. La sœur pauvre. Je redescendis. Mona me jeta un regard de biais. Je la décevais.

*

Stéphanie et moi étions habillées exactement de la même manière. La négligence de nos tenues soulignait la grâce et l'élégance de Mona. Elle rayonnait. Aux petits soins pour chacun d'entre nous, elle était irrésistible de gentillesse. Il me fut impossible de ne pas me laisser gagner par sa bonne humeur.

Charles s'adressait à moi avec naturel. Il avait la conscience tranquille. De toute évidence, il faisait table rase du passé. Selon lui, les regrets qu'il avait exprimés dans les bois devaient suffire, et bien au-delà, à balayer tous mes griefs. Il avait fait amende honorable. Que demander de plus ? De son côté, il ne me conservait ni rancune, ni aucun autre sentiment, de quelque nature qu'il fût. Je lui étais devenue indifférente. Son ton léger, dénué du moindre embarras, en témoignait.

J'ai de l'amour-propre. Je tâchai de faire bonne figure. Je m'efforçai de me comporter avec lui comme avec un individu dont j'ignorais tout, que Mona venait de me présenter. Un homme à son goût, prévenant avec elle, et que Stéphanie, visiblement, adorait.

Ma nièce était méconnaissable. Sa morosité, à laquelle Mona et moi finissions par nous habituer, et que nous mettions sur le compte de l'adolescence, l'avait fuie. Elle se livra à des imitations de ses camarades et de ses professeurs avec un sens surprenant de la caricature et de la psychologie. Elle nous raconta des anecdotes, de petites aventures banales avec une verve et un talent d'humoriste que je ne lui avais jamais soupçonnés.

Sa gaieté était contagieuse. Je me détendis, et je passai une soirée très agréable.

Nous avions échangé nos vœux et nos cadeaux — Charles m'en avait apporté un — avec des protestations de plaisir, nous nous étions embrassés, nous avions écouté tinter les cloches du village et beaucoup ri.

Des bûches flambaient dans la cheminée. Charles prit place entre Stéphanie et Mona, sur le canapé ; je leur faisais face. Nous nous taisions. Chacun de nous s'absorbait dans ses propres rêveries.

Je les regardais : Mona alanguie, le regard tourné vers les flammes, un sourire aux lèvres, Charles, les yeux fermés, la tête renversée sur le dossier, Stéphanie pelotonnée contre l'accoudoir, à demi assoupie. J'avais devant moi trois personnes heureuses, et je l'étais presque.

Je baignais dans une chaude béatitude. Un vrai soir de Noël. Tout le monde s'aimait, le bœuf, l'âne et les moutons.

Je me levai.

— Il est tard, je vais vous laisser.

Stéphanie se redressa.

— Où Charles va-t-il coucher ?

J'occupais la seule chambre d'amis.

— Sur le canapé, répondit Mona.

— Pourquoi ne prend-il pas mon lit ? Il m'a bien laissé le sien à Paris. Je pourrais dormir avec toi, Maman.

Mona et Charles échangèrent un regard.

— Je serai très bien sur le canapé, affirma Charles.

Stéphanie ouvrit la bouche pour insister. Mona lui coupa la parole.

— Ne t'occupe pas de ça, ma chérie. Va te coucher. Toi aussi, tu dois être fatiguée.

Son intonation, un rien trop aiguë.

*

Mona avait retiré ses chaussures et gardait ses jambes repliées sous elle. Le nœud papillon de Charles, à moitié défait, avait glissé. Ils s'étaient écartés l'un de l'autre et bavardaient, comme deux étrangers que le hasard livre au tête-à-tête.

L'isolation sonore contredisait les principes d'Olivier Maréchaux. Mona savait qu'on entendait tout d'une pièce à l'autre. Elle baissa la voix et Charles l'imita. Je ne distinguai plus de leur conversation qu'un murmure ; parfois, le rire étouffé de Charles.

Le feu se consumait.

Je me couchai, j'éteignis ma lampe de chevet et je fermai les yeux. Je fermai les yeux en serrant fort les paupières. Un instant plus tard, quand je les ouvris, Mona avait disparu.

Charles, accroupi devant l'âtre, tisonnait. Il remit le pare-feu en place, se redressa, s'étira de tout son long et fit craquer ses jointures. Il faisait toujours craquer ses jointures. Je me souvenais de ça.

Mona revint, chargée de draps, de couvertures et d'oreillers. Il les lui prit des bras et les déposa sur l'accoudoir du canapé.

Ils étaient sur le point de se souhaiter une bonne nuit. Je fus soudain traversée par une effarante lucidité. Je me mouvais dans un temps différent du leur ; j'avais sur eux l'avance d'une fraction de seconde. Ma pensée précédait leurs gestes, ou les guidait.

Je sus avant Mona qu'elle lèverait la main, et avant elle l'endroit précis où sa main se poserait, les doigts en éventail sur la poitrine de Charles, je sus avant elle que sa paume lui paraîtrait aussitôt incandescente, comme soudée à ce torse, et avant elle, avant lui, je sus qu'ils ne s'embrasseraient pas, pas tout de suite.

Je me retournai. Je ne voulais plus rien voir. Plus rien entendre.

J'entendis le frôlement de leurs pas, si lent, si vite, et c'était déjà le rythme du plaisir, vers la chambre de Mona. Je savais leurs yeux rivés l'un à l'autre et qu'ils ne se touchaient pas, seule cette main de Mona couchée sur la poitrine de Charles, comme un aimant, comme une greffe.

La porte se referma avec un bruit mat. Ils étaient là, debout derrière la cloison. Lui, l'écrasant de tout son poids contre la paroi. La bouche brûlante dans la fraîcheur du cou, et cette commotion électrique, l'âme d'un seul coup à fleur de peau, et le corps tout entier au ventre.

La chemise ouverte de Charles, la robe de Mona coulant comme une fourrure de ses épaules, je l'entendis gémir, ses mains, des yeux au bout des doigts, aveugles et clairvoyants, dans le dos de Charles, la caresse et les flancs à poignées, l'odeur de Charles, je m'en souvenais si bien, de son odeur, ce parfum d'église, de myrrhe et d'amande, elle sombrait le long de cette odeur, l'épigastre, le partage du corps et de la toison, l'ombilic, la boucle froide de la ceinture et la ceinture défaite, les lèvres sur l'aine et le frisson de Charles la relevant, tous deux tremblants et tendus de fièvre, elle si femelle et lui si mâle, mais lents encore, mais patients, la torture du désir et son délice.

Ils tombèrent sur le lit de Mona, comme une seule chair. Toute la nuit j'entendis leurs plaintes et leurs soupirs, et leurs silences éblouis ; toute la nuit je sus leurs gestes, l'accord parfait de leurs reins, de leurs fesses, leurs os épousés et la jubilation des souffles. Toute la nuit je mordis mon oreiller et j'agrippai le torchon de mes draps moites. Mon râle triste et le leur exaucé.

Je m'endormis comme on se noie. Je rêvai. J'étais debout, nue, et Charles agenouillé léchait mes nymphes, son regard levé vers moi, le regard d'un homme entre les cuisses d'une femme, et mon plaisir sourdait, prêt à battre, et je voyais alors mon ventre qui se mettait à plisser et à fondre, et je devais le retenir à pleines mains pour l'empêcher de fuir dans mes cuisses, dans mes genoux, et Charles s'écartait de moi, le visage en sang et les yeux pleins d'horreur, et lui aussi se décomposait, se réduisait à l'état de squelette ; nous étions dans un charnier, parmi des carcasses accouplées pêle-mêle, des orbites creuses, des mâchoires ouvertes, grotesques, et des bassins écorchés. Je voulais hurler. Je n'avais déjà plus de bouche, plus de dents pour le faire. Au-dessus de nous, s'apprêtant à nous recouvrir d'une pelletée de terre, Mona riait, à gorge déployée.

Je m'éveillai en nage. Le rire de Mona résonnait, de l'autre côté du mur, un rire cristallin et clair, un rire de petit matin heureux.

Le lit de Charles, sur le canapé, était défait. Un savant désordre, les draps en tire-bouchon et l'oreiller chiffonné.

Je me demandai si Stéphanie se laisserait tromper par cette grossière mise en scène. Sa chambre était située à l'autre bout de la maison. Elle n'avait sans doute rien entendu des ébats maternels, mais peut-être avait-elle vu, comme moi, Charles et Mona quitter ensemble le salon.

Une odeur âcre de fumée et de cendres froides s'était répandue dans la pièce. J'ouvris les baies. Tout le monde était réveillé. On entendait le bruit des douches dans la salle de bains de Mona et dans celle de sa fille.

Je descendis à la cuisine. Mona m'y avait

précédée. Pieds nus, vêtue d'un peignoir blanc, elle pressait des oranges. Ses cheveux blonds frisaient sur sa nuque.

— Tu as bien dormi ? me demanda-t-elle sans se retourner.

— Comme un loir, répondis-je.

C'est fou ce que nous étions devenues hypocrites et bien élevées. Je me souvenais de nos petits déjeuners, rue Monge. Mona me racontait, avec des rires étouffés, sa dernière conquête. Il arrivait que la dernière conquête eût passé la nuit dans son lit et que son irruption dans la cuisine interrompît les confidences. Mona me jetait alors des regards complices. Elle quêtait mon approbation, elle me prenait à témoin. Je lui retournais ses clins d'œil. Nous pouffions. Le pauvre diable s'absorbait dans la contemplation de son bol de café, puis il filait sans demander son reste. Nous saluions son départ avec de joyeux commentaires.

Je grillais du pain. Mona faisait frire des œufs. Avait-elle vieilli ? Sa pudeur, son silence, étaient-ils le signe de l'âge — comme ses hanches pleines et mes cheveux gris — ou celui de l'éloignement ?

Etions-nous toujours des amies ? L'étions-nous encore, hier ? L'intrusion de Charles dans notre intimité la menaçait-elle ? Etait-ce sa faute à lui, la faute du désir et celle du désordre, si nous éprouvions ce matin la nécessité de nous taire, de mentir et de déguiser ?

Je posai sur la table des tasses, des assiettes, du beurre et de la confiture. Charles nous rejoignit. Le visage bouffi et bien rasé. Un instant plus tard, Stéphanie fit son apparition, les yeux battus.

— Tu veux un ou deux œufs, Charles ? demanda Mona.

Stéphanie déplia soigneusement sa serviette.

— Tiens, vous vous tutoyez, aujourd'hui, observa-t-elle.

On entendit voler les anges. Mona se leva de table et farfouilla dans le réfrigérateur.

— Quelqu'un a-t-il envie d'un yoghourt ? De fromage blanc ?

Ses oreilles étaient cramoisies. Charles reposa sa tasse de thé et se tourna vers moi.

— Et toi, que deviens-tu ? Tu enseignes toujours ? Tu ponds toujours tes fameuses nouvelles ?

Mes nouvelles tout juste bonnes à se torcher. Je n'avais rien oublié.

— Je m'y suis remise, ces derniers temps, répondis-je avec une feinte indifférence. Mais plutôt un roman.

Il eut un léger rire, apparemment gentil. Personne d'autre que moi ne pouvait deviner qu'il se moquait.

— Tu t'obstines. Quel genre de roman ?

— Une histoire de femmes. Des femmes qui vivent ensemble, dans l'harmonie la plus parfaite, jusqu'à l'arrivée d'un homme qui gâche tout. Elles vont finir par s'en débarrasser…

— De l'homme ? demanda Stéphanie.

— De l'élément perturbateur.

Ma nièce réprima un sourire que je fus sans doute seule à remarquer. Charles resta de marbre et Mona reprit sa place parmi nous, comme si de rien n'était, le visage recomposé.

— L'harmonie détruite, c'est le sujet des

Affinités Électives, dit-elle, et elle enchaîna avec naturel sur le spectacle qu'elle préparait.

Le manque de tact dont je venais de faire preuve n'avait pas échappé à Mona. Je savais que si elle avait aussitôt attiré l'attention de Charles sur ses propres activités, ce n'était ni par égocentrisme, ni par désir de briller. Elle agissait par délicatesse. Pourtant, je ruminais. Quelques semaines auparavant, Mona eût été enthousiasmée d'apprendre que je travaillais à un roman, d'en connaître le sujet, quel qu'il fût. Elle m'aurait bombardée de questions. Elle aurait demandé à lire des pages, elle m'aurait encouragée.

Au lieu de quoi, elle ramenait la conversation à elle, à ses préoccupations. Elle m'ennuyait avec ses *Affinités Électives*. En bonne ignorante, elle était persuadée d'être seule à connaître ce qu'elle venait de découvrir. Elle avait hâte de partager, d'imposer son nouveau savoir. Elle en devenait prosélyte. Ce roman à lui seul, disait-elle, résumait le monde entier. Il expliquait tout l'homme et tout l'homme s'y rapportait. Elle pérorait. Et puis, après tout, la littérature, c'était mon domaine, pas le sien. Je me levai de table, impatientée.

*

Je m'étais installée au salon, derrière le grand bureau noir. J'avais l'intention d'envoyer des cartes de vœux aux rares personnes dont je craignais d'être oubliée. Cette corvée annuelle me donnait l'illusion d'avoir encore une existence sociale propre.

Mona, dans la cuisine, continuait de disserter sur son Goethe.

Stéphanie l'interrompit.

— Tu les as lues, toi, Charles, les nouvelles de ma tante ?

Charles grommela quelque chose d'inaudible. Je reposai l'enveloppe que je venais de libeller et je prêtai l'oreille.

— Tu les as aimées ?

Je me représentais Charles comme si j'y étais : se mordant la lèvre inférieure, un sourcil levé, l'autre rabattu sur la paupière. J'attendis la sentence.

— C'est gentillet, dit-il.

Il y eut un silence. Un silence de cour d'assises.

— Elle était très jeune à l'époque, protesta Mona d'une voix molle. Pour son âge, ce n'était pas si mal.

Le coq, contrairement à ses habitudes, ne chanta pas.

— Enfin, ajouta-t-elle, je manque peut-être d'objectivité. C'est ma sœur…

Je rassemblai mon courrier sans faire de bruit et me glissai sur la pointe des pieds dans ma chambre. Si l'un d'eux m'avait surprise, les écoutant, l'humiliation m'aurait tuée sur-le-champ.

*

Charles n'avait pas changé. J'avais été bien sotte de me laisser abuser. Sa douceur prétendue n'était qu'un masque. Il restait le même homme, vicieux et destructeur. C'était sa faute si j'avais cessé d'écrire, sa faute si je n'avais jamais eu confiance en moi. Il m'avait brisée. Et Mona… si prompte à me trahir.

L'amertume me nouait la gorge. Une amertume d'usurière mal remboursée. Je ressassais tous les motifs que j'avais de me plaindre et d'en vouloir à Mona. Des anecdotes très anciennes, des disputes que je croyais oubliées pour toujours, me revenaient à l'esprit, hérissées comme une armée fantôme. Des goûters d'enfants, des poupées abîmées, tout un arsenal de petites mesquineries surgissaient du passé, pour alimenter ma rancœur. Je récapitulais. Il me semblait tout d'un coup que notre tendresse mutuelle était mon seul fait. Moi seule l'entretenais, depuis toujours. Mona se laissait aimer. Elle ne donnait rien. Son souci de plaire n'avait rien de généreux, il était la marque d'un caractère vaniteux et futile. Mona ne se souvenait de mon existence que dans les moments pénibles. Elle m'appelait alors à l'aide. Heureuse, l'ingrate ne se souciait pas plus de moi que de son vieil ours en peluche.

J'étais allongée sur mon lit, dégoûtée. Je réfléchissais. J'avais la philosophie bilieuse. Mon dégoût s'étendit bientôt à l'ensemble de la nature humaine. Je songeais que l'amour, à quoi chaque bipède aspire, est la passion la moins généreuse de toutes ; elle isole ceux qui en sont atteints ; elle ne tolère rien autour d'elle et détruit implacablement tous les liens, toutes les affections qui la précèdent ; elle est la source de la discorde, de la haine, de l'amertume. Un torrent de sel.

Je n'étais pas consciente de ma jalousie. Encore que la jalousie ne soit pas le mot qui convienne. Je crois que j'aurais supporté avec une certaine sérénité qu'un homme, même si j'en avais été amoureuse, me préférât Mona. Et là n'était pas la question, puisque je n'aimais plus Charles depuis bien longtemps. Ce qui me torturait, ce que je ne voulais pas admettre, à quoi je refusais même de penser, c'était l'idée de son plaisir. Du plaisir que lui, Charles, avait pris, et dont j'avais été, involontairement, le témoin.

Je ne pouvais m'empêcher de comparer. Je me souvenais de son léger soubresaut, muet, à peine perceptible. Je me souvenais de la façon qu'il avait de s'endormir, comme une pierre, après s'être soulagé. Parce qu'avec moi, il se soulageait. On ne pouvait pas dire qu'il jouissait. On ne pouvait plus le dire, plus maintenant, plus après l'avoir entendu, cette nuit, toute la nuit, exulter et rugir.

Ni Charles, ni aucun autre, ne s'était ainsi enivré de moi. Jamais je n'avais rendu un homme aussi heureux. Qu'avait donc Mona, que possédait-elle, dont j'étais dépourvue ?

Je ne lui avais jamais rien envié, ni sa beauté, ni son mari, ni son aisance, ni son enfant. Je lui enviais maintenant, de toute mon âme, quelque chose dont j'ignorais l'essence, et dont le manque me condamnait à garder un cœur sec, un cœur désert.

Ma solitude, tout d'un coup, m'épouvantait.

*

On frappa à la porte. Mona entra.

— Je ne te dérange pas ?

Je fis semblant de m'être assoupie. Elle s'assit sur mon lit. Elle ne me regardait pas. Je la sentais tendue, embarrassée. Elle lissait la couette, du plat de la main, nerveusement.

— Je voulais te poser une question.

Elle se leva et s'appuya à la baie. Même à contre-jour, même vêtue d'un chandail informe et d'un pantalon trop large, elle me paraissait une allégorie de la volupté.

— Tout à l'heure, quand Charles t'a demandé ce que tu devenais…

Je ne devinais pas où elle voulait en venir. Elle me tourna le dos. Elle appuya son front et ses paumes contre la vitre. Elle n'avait pas de jolies mains. Des doigts courts.

— Je suis peut-être ridicule — elle parlait avec une petite voix étouffée — mais j'ai eu l'impression que vous vous connaissiez mieux que tu ne me l'avais laissé entendre. J'ai eu l'impression que vous me cachiez quelque chose.

Même si j'avais eu le courage de le faire, il était trop tard pour lui avouer notre liaison. Elle n'aurait pas compris mon silence. J'aurais été incapable de le lui expliquer. De surcroît, je lui en voulais. Il m'était bien égal, à présent, qu'elle se méprît sur le compte de l'homme qu'elle aimait. Je n'étais pas fâchée à l'idée qu'elle pût en pâtir un jour, et en mordre ses vilains doigts. *Je manque peut-être d'objectivité.* Traîtresse.

Je feignis la surprise.

— Pour quelle raison ?

Mona revint s'asseoir auprès de moi. Elle prit mes mains dans les siennes et les serra. Ses yeux m'imploraient.

— Je ne sais pas. Quelque chose dans le ton de sa voix. Une sorte d'intimité.

J'éclatai de rire.

— Enfin, Mona, quelle idée ! A l'époque, je me vantais partout de mes nouvelles. Il s'en sera souvenu, c'est tout. Cela m'a étonnée, d'ailleurs.

L'anxiété disparut aussitôt de son visage. Son regard redevint clair comme celui d'une communiante.

— C'est exactement ce que m'a dit Charles, quand je lui ai posé la question !

Elle m'embrassa.

— Je t'ai un peu soupçonnée, tu ne m'en veux pas ?

Par je ne sais quel accord tacite, nous étions donc convenus, Charles et moi, de taire à Mona notre passé commun. Cette complicité me vengeait un peu. Nous partagions un mensonge, et c'était au moins quelque chose que j'avais, et que Mona n'avait pas. Je la tranquillisai.

Elle se leva d'un bond.

— Je te laisse, j'emmène Charles au refuge de Frience. Il faut qu'on y aille, si on veut arriver à temps pour déjeuner.

Sur le seuil, elle se ravisa.

— Tu ne voulais pas venir avec nous ?

Je secouai la tête.

— C'est bien ce que je pensais.

Elle m'envoya un baiser du bout des doigts avant de refermer la porte.

— Je t'aime beaucoup, tu sais.

Mon épaule me faisait à nouveau souffrir. Je retournai voir le kinésithérapeute chez lequel j'avais entamé, puis interrompu mes séances de rééducation.

C'était un jeune homme vêtu d'un tee-shirt blanc, de jeans blancs et d'espadrilles blanches. Il avait les cheveux et le regard blonds. Il portait une eau de toilette de mauvaise qualité — ou était-ce son savon —, un parfum propre, désinfectant.

Il me tendait une paume ouverte dans laquelle je plaçais mon poing. De l'autre main, il maintenait, comme dans un étau, mon buste perpendiculaire au sien.

— Poussez, maintenant, enjoignait-il.

Je poussais de toutes mes forces. Me résister ne lui demandait aucun effort. Graduellement, sans heurts, comme une machine bien huilée, il cédait. Bien, disait-il. Nous recommencions.

Il regardait par la fenêtre, la petite rue de P., les passants, les commerçants, le ciel ou les oiseaux, et moi, je regardais son torse en éventail, les tendons souples de son cou, ses muscles denses et lisses, toute cette anatomie athlétique dont il ne tirait, en cet instant, aucune vanité, son corps d'homme comme un simple outil de travail, poussez, bien, encore une fois, et je poussais plus fort.

Je poussai jusqu'au vertige, à trébucher, et je posai ma main droite sur sa poitrine, là où Mona avait posé la sienne, au même endroit, ce point obsédant, entre les deux pectoraux bien durs. Le masseur me releva, il lut dans mes yeux et dans les siens passa l'ombre d'une impatience — encore une, ce n'était pas la première fois, bien sûr, qu'une patiente se pâmait ; elles viennent se faire pétrir parce que ; elles ont le génie des douleurs prétextes, mais dans le fond, c'est souvent la même ; au début, ces incidents le troublaient, il ne savait comment réagir, maintenant il avait l'habitude —, il recula d'un pas.

— Vous êtes fatiguée, aujourd'hui, dit-il simplement.

Je l'admis.

— Votre épaule ne va pas si mal. Je ne crois pas que je puisse encore vous être bien utile. Vous devriez nager.

Il me congédia avec l'adresse d'un hôtel, pourvu d'une piscine chauffée, à la sortie de la ville.

Je remerciai, les yeux baissés, et je ne pris pas la main qu'il me tendit, sur le seuil de son cabinet. La mienne était moite.

*

J'éprouvais le besoin de me nettoyer, de laver ce dernier affront que je m'étais infligé moi-même. Il fallait que je nage jusqu'au bout de mes forces, jusqu'à l'épuisement complet.

Les indications que m'avait fournies le kiné n'étaient pas claires. Je me perdis un peu. L'hôtel était situé en retrait de la départementale, derrière un supermarché de meubles et quelques autres bâtiments et hangars préfabriqués.

On y accédait par une rampe goudronnée, entre deux pelouses et des bacs à fleurs en béton, vides. Trois arbres chétifs et quelques bancs. Je contournai l'hôtel et garai ma voiture devant l'établissement thermal proprement dit. Thalassothérapie, bains de boue, bains de soufre, annonçait la pancarte. Agréé par la Sécurité Sociale. Un endroit sans charme, pour curistes désargentés.

Je passai sous une marquise et pénétrai dans le hall. Une odeur attendue de chaud et d'humidité. La moquette rase, couleur gazon, et les meubles de rotin moisi et de plastique blanc. Des magazines de bien-être et de santé défraîchis, épars sur les tables basses. Un décor pastel, rose et vert, comme un gâteau à la crème qui rancit dans une vitrine.

Une jeune femme en blouse me demanda ma carte d'assurée et me fit remplir un formulaire. Je demandai à louer un maillot de bain. Elle évalua ma taille et me tendit un honnête et vaste maillot bleu marine.

— C'est tout ce que j'ai, s'excusa-t-elle, avec un gentil sourire.

Cela n'avait pas d'importance. Je gagnai les vestiaires, et je me changeai.

Le bassin était logé sous une haute verrière. Il était peu profond. On avait pied partout et il était défendu d'y plonger. Seules trois dames d'un certain âge y barbotaient, blotties près d'une échelle. J'entrai dans l'eau. Elle était chaude, presque trop, et une vapeur épaisse dansait à sa surface. Je me mis à nager. La brasse, avait recommandé le masseur. J'effectuais mes mouvements de grenouille, bravement, lentement. Dix, douze, quatorze longueurs. L'exercice me calmait. Sous l'effet de la condensation, de larges gouttes froides retombaient du plafond et piquetaient l'eau, comme une pluie espacée. Mon dos et les muscles de mes mains me faisaient mal. Je m'arrêtai, rompue. La nuque posée sur la céramique bleue, les bras étendus, les jambes flottantes, je reprenais haleine.

A petits pas, tout en devisant et en battant la surface de l'eau avec des gestes de marionnette, les trois baigneuses s'approchaient de moi. A mesure que l'espace entre nous diminuait, je distinguais les ornières de leurs cous et de grands rideaux de peau qui pendaient sous leurs bras. C'étaient de très très vieilles femmes ; elles me faisaient des signes amicaux, elles voulaient que je me joigne à elles, et je ne sais pourquoi, cette perspective me fit horreur. Mon avenir qui s'avançait à ma rencontre. Je voulus fuir. Je m'agrippai au rebord, pour y prendre appui. Il était gras. Sur tout le pourtour de la piscine, la crasse avait déposé une large traînée brune. Une grande baignoire mal lavée. Je poussai un cri de dégoût, perdis l'équilibre et tombai à la renverse dans l'eau. J'en avalai une tasse. Je suffoquai. L'une des momies, moins valétudinaire que ses compagnes, accourut à mon secours et m'empoigna le bras avec la vigueur insoupçonnée d'une sorcière. Je me débattis, affolée, et je sortis du bassin, sous les yeux des commères ahuries, avec toute l'énergie que m'insufflaient la répulsion et l'effroi.

Je ne pris pas le temps de me sécher les cheveux. Je courus jusqu'à ma voiture, et je roulai à tombeau ouvert jusqu'à l'Aquarium, comme si j'avais été poursuivie par toutes les gorgones, toutes les furies de l'Antiquité.

Je m'enfermai dans ma chambre; j'avais attrapé un rhume et je profitai de ce refroidissement pour ne plus en bouger.

*

Au cours de cette semaine, Mona fut prise au contraire d'une véritable frénésie sociale. Le succès de Charles auprès des Murdairois se confirmait. On se disputait sa présence et les invitations se multipliaient. Quand leur popularité leur laissait un moment de répit, Mona, triomphante et infatigable, entraînait Charles à la découverte de la région, dont elle mettait un point d'honneur à lui infliger toutes les merveilles, des grottes aux mines de sel et aux fortifications.

Stéphanie avait délaissé ses livres, ses crayons et son cher bureau. Il semblait qu'elle se fût donné pour tâche de surveiller sa mère. Sombre et muette, elle ne la quittait pas d'une semelle et se rongeait les ongles. Mona avait parfois du mal à dissimuler son impatience.

Elle ne retrouvait Charles en tête-à-tête que

la nuit. Je me couchais tôt et j'avalais des somnifères pour être sûre d'être endormie avant le début des réjouissances. Au petit matin, je surprenais Charles, se faufilant hors de la chambre de Mona, et regagnant son canapé à pas de loup.

Je les observais, les uns et les autres, être heureux, s'agiter et souffrir, avec un détachement qui me surprenait moi-même. J'étais parfaitement indifférente à leurs évolutions. J'avais l'impression d'être privée de la faculté de m'émouvoir. Je ne ressentais rien. Mona, Charles et Stéphanie me semblaient des personnages virtuels, des hologrammes, dont le comportement ni les simagrées ne pouvaient m'atteindre. Je les étudiais, au propre et au figuré, à travers une vitre.

Charles s'affairait. Il se rendait indispensable. Il fendait le bois, rangeait les bûches à la cave et sortait les poubelles. Il préparait les bloody mary comme Mona les aimait. Il répara la chaîne stéréo et déboucha l'évier de la buanderie.

Mona, de temps à autre, entrait dans ma chambre en coup de vent et me contait ses prouesses, extasiée. Un amant bricoleur. C'est un oiseau rare, tu sais, disait-elle. Elle se sauvait en gloussant et courait le rejoindre. Ils faisaient ensemble la cuisine, la vaisselle, et sûrement, quand Stéphanie ne pouvait plus les entendre, sur l'oreiller, des projets.

Parfois, de ma fenêtre, je les regardais s'éloigner tous les trois, vers quelque festivité. Charles au volant de la vieille voiture d'Olivier, Mona assise à côté de lui et Stéphanie sur la banquette arrière — au milieu, le torse penché en avant, dans le vain espoir de s'interposer —, et je me disais qu'ils formaient une famille très acceptable. Stéphanie s'y ferait, elle ne serait pas la première à se voir attribuer un beau-père. On lui offrirait un chien pour faire passer la pilule, un gros toutou auquel elle pourrait se plaindre. Ou un scooter. Et dans quelques années, quand elle prendrait le large, elle serait au fond assez satisfaire de laisser Charles veiller sur sa mère. Tant pis pour lui. Tant pis pour Mona.

*

Moi, j'avais l'impression d'être morte. Pire. Usée. Il me semblait que ce bain, dans cette piscine infecte, m'avait irrémédiablement polluée. J'y avais contracté l'âge et le déclin, comme on attrape une mycose. Ces vieilles, dans la même eau croupie desquelles j'avais trempé, m'avaient contaminée. Leurs infirmités et la porosité de leurs os étaient désormais miennes.

Tout au long de la journée, je scrutais mon corps, mon visage, ma personne. J'en dénombrais, avec une avidité masochiste, les signes de fatigue. J'en devançais la ruine, et je m'apercevais que les stigmates qu'il portait — cette ligne de mâchoire affaissée, ces trois plis verticaux, près de l'oreille, ces cheveux blancs, cette cuisse moins hardie — n'avaient pas d'autre histoire que celle du temps. Ma jeunesse m'avait échappé.

A vingt ans, à trente ans, je me consolais de mes bobos et j'en évitais la plupart avec la certitude que les années en effaceraient la trace. J'avais raison. On oublie presque tout. Mais je regrettais maintenant de m'être autant protégée, de n'avoir rien ressenti plus vivement, de m'être légué à moi-même un corps sans mémoire, un passé dont je n'avais pas su jouir.

Parfois, je me levais de mon lit. Je m'habillais, prise d'un désir subit, entrer dans n'importe quel café, aborder le premier venu. Je trouverais bien un mâle aussi affamé que moi, qui jugerait la marchandise assez bonne. Même le simulacre de l'amour m'aurait fait du bien.

L'incongruité de mon appétit me ramenait sous ma couette.

Le 31 décembre, Mona me convainquit de les accompagner chez des voisins, où l'on fêtait le nouvel an.

— Ce sera très sympa, je t'assure, et il est hors de question que tu restes seule pour le réveillon. De toute façon, je leur ai dit que tu venais.

Il avait neigé abondamment toute la journée. Le thermomètre était descendu bien au-dessous de zéro. Charles dut dégager l'allée à la pelle. Ce contretemps nous mit en retard. A neuf heures moins le quart, nous nous engouffrâmes dans la voiture, Charles et Mona devant, Stéphanie et moi derrière, serrées l'une contre l'autre, comme des enfants sages.

— Avec cette neige et ce froid, dit Charles,

le chemin Galtat va être une vraie patinoire. J'aurais dû mettre les chaînes.

La région, les itinéraires et le climat : il était déjà au courant de tout. Il était chez lui.

*

L'endroit où nous nous rendions était situé au sommet d'une colline, de l'autre côté de Murdaires. Comme l'avait prévu Charles, la route était affreusement verglacée. Nous dûmes abandonner la voiture et poursuivre notre ascension à pied.

Je ne me souvenais pas d'avoir rencontré nos hôtes, Muriel et Louis Jouvence. Lui était affable, chauve et fuyant, un peu mou ; elle sèche, trop élégante et sûre d'elle. D'emblée, je n'éprouvai pour eux aucune sympathie. Mais leur maison valait le coup d'œil. Je n'aurais jamais soupçonné l'existence d'une demeure pareille à Murdaires et je ne regrettai pas d'avoir cédé aux instances de Mona. C'était une construction du premier empire, dans un état impeccable, qui avait conservé son mobilier d'origine. Bien que de dimensions plus modestes, son salon en rotonde, décoré de fresques néo-pompéiennes, rappelait celui de la Malmaison.

Quand nous arrivâmes — nous étions les derniers —, toute la bonne société de Murdaires et des environs s'y bousculait déjà, cherchant sa place parmi les quatre grandes tables de douze qui y étaient dressées.

Je me retrouvai assise à celle du maître de maison. Anne Cannelle me faisait face et m'adressa un gentil sourire. Je ne connaissais personne d'autre. J'avais à ma gauche un ancien assureur, qui consacrait sa retraite à l'élaboration d'un ouvrage sur l'horlogerie franc-comtoise. Un abominable raseur, tout heureux d'avoir une oreille neuve à qui faire part de sa marotte. De l'autre côté, un homme rond et gourmand, qui passa le dîner penché sur sa voisine de droite, à laquelle il susurrait des plaisanteries sans doute drôles. Elle riait en tout cas.

J'étais condamnée à subir la logorrhée de mon assureur, et je hochais la tête à ses mouvements d'horloges et ses balanciers. Il était content. Il lui suffisait de ne pas être interrompu. Cela ne devait pas lui arriver souvent.

La chère était copieuse, le vin bon et les verres régulièrement remplis. A en juger par le niveau sonore qui ne cessait de croître, la soirée était réussie. Les joues des convives devenaient plus rouges et luisantes, les yeux brillants, la chaleur intenable. J'étouffais dans mon tailleur noir. Je me sentais proche du malaise et je regardais avec envie les femmes se défaire de leurs étoles, de leurs châles. Elles avaient toutes des robes du soir, des épaules rondes et nues, des épaules de femmes aimées. Elles avaient un mari, des enfants, une maison, des amis, elles avaient un congélateur bien rempli, un abonnement chez le coiffeur, des albums de photos et des projets de vacances. Elles s'amusaient. Tout le monde s'amusait, sauf moi.

Anne Cannelle se leva et frappa son verre de sa fourchette. Le brouhaha diminua.

— Je voudrais d'abord remercier Muriel et Louis de nous accueillir si royalement.

Chacun brandit son verre. Des mercis fusèrent de toutes part. Anne réclama le silence.

— Je désire également porter un toast spécial à notre invité d'honneur, Charles Roch, que vous connaissez déjà tous.

Les regards convergèrent sur Charles. Les paupières baissées, modeste, il contemplait son assiette. Assise à côté de lui, Mona rougissait.

— J'ai le plaisir, poursuivit Anne, de vous annoncer que Charles a accepté de mettre en scène les *Affinités Électives*. Grâce à lui, nous pourrons vous offrir enfin un spectacle de qualité professionnelle. Charles, au nom de tous, merci.

Cinquante personnes, cinquante adultes, cinquante bourgeois bien rangés s'époumonèrent comme un seul tifoso. Des applaudissements, des vivats frénétiques. Le tumulte fut lent à s'apaiser.

*

Les tables avaient été débarrassées, le tapis roulé, on valsait. Je me cramponnais à ma coupe de champagne et j'inspectais les fresques, pour me donner une contenance. Sur les murs aussi, des romaines et des satyres s'en donnaient à cœur joie.

Charles et Mona virevoltaient avec ivresse. Je ne savais pas que Charles dansait. Nous n'avions jamais dansé ensemble.

Une main se posa sur mon épaule.

— Ils sont beaux, n'est-ce pas ?

C'était Anne.

— Je n'ai jamais vu Mona si resplendissante. Je suis tellement contente pour elle.

Sa voix vibrait de sincérité.

— Votre sœur ne méritait pas de rester seule. Et Charles est un type formidable.

Elle aussi était sous le charme. Je hochai la tête.

— Je ne pense pas, insinuai-je, que Mona serait restée seule longtemps.

Elle me jeta un regard en coin.

— Ce n'est pas sûr, dit-elle avec douceur. Vous savez, ici, tout le monde se connaît. Et les rares célibataires du coin étaient des amis d'Olivier. Ils auraient eu l'impression de prendre la place d'un mort. De violer un interdit.

Elle choqua gaiement son verre contre le mien.

— A la santé des amoureux !

J'avalai mon champagne d'une traite et je m'éloignai.

*

Il était près de minuit. Personne ne m'invitait à danser. Cela n'avait rien d'étonnant. En quittant Anne, j'avais gagné l'embrasure d'une fenêtre et je m'étais assise, raide et hautaine, sur un tabouret. Depuis, je n'en avais pas bougé. Je m'étais contentée de toiser en silence les rares invités qui avaient osé m'adresser la parole. Ils devaient s'être donné le mot. Nul ne m'approchait plus, sauf un maître d'hôtel compatissant qui passait fréquemment, une bouteille de champagne à la main, et remplissait mon verre. Je n'ai pas l'habitude de boire. J'étais saoule.

J'étais consciente de me montrer antipathique. Cela m'était égal. Je les méprisais tous, même Mona, que je découvrais si fourbe. Mona, qui échafaudait des plans dans mon dos, avec la complicité de tous. Elle devait se sentir mal à l'aise, elle devait avoir un peu honte, car depuis le début de la soirée, je n'avais jamais croisé son regard. Elle m'évitait. Stéphanie non plus ne m'accordait pas une once d'attention. Elle dansait, elle aussi, avec une bande d'adolescents boutonneux.

— Vous permettez que je vous tienne compagnie ?

Louis Jouvence approcha un tabouret du mien. Il avait le regard hébété et les gestes imprécis des alcooliques. Sa cravate était dénouée et de grandes auréoles tachaient sa chemise. Je m'écartai un peu.

— Vous vous ennuyez, n'est-ce pas ?

Je ne répondis pas.

— Ça se voit, dit-il. Je vous observe depuis le début du dîner. Vous avez l'air de vous demander ce que vous faites là, de vous sentir supérieure. Vous nous trouvez trop rustiques pour vous ?

Je me tournai vers lui, interloquée. Il parlait posément, sans agressivité. Il ne me regardait pas. Il jouait avec un grand verre où s'entrechoquaient les glaçons.

— Pourquoi dites-vous cela ? C'est simplement difficile pour quelqu'un de l'extérieur de s'intégrer à une fête où tout le monde se connaît depuis toujours.

Il fronça le nez et avala une longue gorgée de whisky.

— Je ne vous crois pas. Vous êtes polie, mais vous ne dites pas la vérité.

Je haussai les épaules.

— Mettons, si vous voulez, que ce n'est pas mon univers. Je m'y sens étrangère.

Il me dévisagea, de ses yeux bleus et troubles.

— Pourtant, vous écrivez, m'a dit votre sœur. Une petite ville de province devrait être un lieu d'observation idéal, pour vous. A Murdaires, il s'est passé des choses dont vous n'avez pas idée.

Je ne répondis pas.

— Et si vous vous donniez un peu de mal, continua-t-il sans se laisser décourager par mon mutisme, vous découvririez des caractères originaux. Tenez, là-bas, le type qui discute avec Anne Cannelle, il possède des volières, et il élève toutes sortes d'oiseaux rares.

Je continuais de me taire. Il me poussa du coude.

— Et l'autre, près de la porte. C'est un poète, un historien d'art, vous vous entendriez très bien avec lui. Sa femme est une des personnes les plus...

— Dites, vous n'allez pas les énumérer tous, me récriai-je, impatientée. La visite guidée de vos copains, je m'en moque. S'ils sont tellement intéressants, pourquoi ne pas m'avoir placée à côté d'eux, pourquoi ne pas me les présenter ?

Louis Jouvence laissa échapper son verre. Je me penchai pour le ramasser.

— Excusez-moi. Vous avez raison — il bredouillait, la voix pâteuse —, ne faites pas attention à moi, je ne voulais pas vous importuner.

Il se leva et me tendit la main.

— Il paraît que vous partez la semaine prochaine… Je vous souhaite bonne chance.

Je le retins par la manche :

— Qui vous a dit que je m'en allais ?

— Votre sœur, répondit-il en s'éloignant d'un pas incertain.

Minuit sonna au même moment, et tout le monde s'embrassa. Bonne année. Elle commençait bien.

Il était plus de deux heures lorsque nous quittâmes la fête. Sur le chemin du retour, Mona se tourna vers moi et remarqua, sur un ton aigre-doux :

— Eh bien, on peut dire que tu étais de mauvaise humeur ce soir.

Puis elle posa la tête sur l'épaule de Charles et s'endormit.

Je passai la matinée du lendemain avec Stéphanie, dans la carrière, à construire un bonhomme de neige.

En rentrant à la maison, je suspendis mon anorak au perroquet de la cuisine et je me déchaussai. Mes bottes étaient trempées.

Mona, dans la cuisine, épluchait une citrouille. Elle ne leva pas les yeux. Il restait du café dans le thermos. Je m'en servis une tasse et me perchai sur le radiateur. J'étais frigorifiée.

— Est-ce que je peux t'aider ?

— Non, répondit Mona d'un ton neutre. Charles mettra le couvert. Tu peux aller dans ta chambre, si tu veux.

Je reposai ma tasse, surprise.

— Je te dérange, Mona ?

Elle essuya son couteau à son tablier et se tourna vers moi, avec un sourire contraint.

— Mais non, quelle idée ! Je n'ai pas besoin de toi, c'est tout.

Je me levai et quittai la pièce. Au moment où je franchissais le seuil, elle m'interpella :

— Au fait, ce serait bien que tu ne laisses pas traîner tes bottes partout, comme ça. Déjà qu'on n'a pas beaucoup de place…

*

Elle ne voulait plus de moi. Bien. Très bien. Mais elle refusait d'ouvrir franchement les hostilités. Elle comptait sur l'usure, sur la dégradation de nos relations. Oh ! Je savais bien ce qu'elle avait en tête. Elle voulait me pousser dehors à coups de minuscules humiliations, de petites réflexions cinglantes, assenées sur un ton doucereux. Elle ne voulait pas abîmer sa belle image de sœur généreuse et charitable. Surtout pas. Je resterais son obligée jusqu'au bout, et redevable de son hospitalité. Elle espérait qu'à la fin, très vite, je me sentirais coupable de l'encombrer ainsi. Je n'allais pas me laisser faire. Il fallait au moins qu'elle me dise les choses en face.

Nous avions fini de dîner. Stéphanie faisait une patience. Charles, vautré dans le canapé, regardait la télévision. En quelques jours, tout était accompli, l'amant domestique et son territoire marqué : le garage, la cave et la télécommande. Mona menait rondement sa besogne.

J'avais presque pitié de Charles. Le piètre héros de ma jeunesse et nos jeunesses avachies. Dans dix ans, dans vingt ans, il serait le même, à la même place, le ventre un peu plus gros et les jambes un peu plus maigres. Peut-être renoncerait-il au canapé, trop profond et moelleux ; il achèterait un fauteuil.

Mona faisait des mots croisés. Elle ne m'avait pas adressé la parole de toute la soirée.

— Douce ou mauvaise, il est difficile de s'en défaire, en huit lettres ?

— Habitude, dit Charles.

Mona sourit. Elle ne craignait ni les habitudes, ni les hommes. Elle n'avait surtout pas envie de s'en défaire. Elle s'étira.

— On est bien, n'est-ce pas ?

Ce n'était pas à moi qu'elle s'adressait. Je fermai mon livre.

— A propos d'habitudes, Mona, j'espère que tu supporteras que je te squatte encore quelques jours. Comme tu le sais, mon appartement est loué, et il me faut un tout petit peu de temps pour me retourner.

Stéphanie posa ses cartes. Mona s'empourpra. Elle me regarda, les yeux déjà brillants de larmes. On eût dit que je venais de lui planter un couteau en plein cœur.

— Pourquoi dis-tu cela, ma chérie ? Je ne t'ai jamais demandé de partir.

Je m'efforçai de rire.

— Ne sois pas hypocrite, Mona. Tu as prévenu tous tes amis que je m'en allais cette semaine. D'ailleurs, laisse-moi te dire que si le procédé est efficace, je ne le trouve ni élégant, ni courageux.

Charles augmenta le son de la télévision. Je me levai, digne et offensée, et je sortis de la pièce.

*

J'avais à peine refermé la porte que Mona déboula comme une furie dans ma chambre.

— Qu'est-ce qui te prend ? Tu essaies de me faire passer pour une garce ? Tu es parano ou quoi ?

Je m'étais promis de rester imperturbable, quoi qu'il arrive. Je passai dans la salle de bains. Mona m'y suivit, les poings sur les hanches.

Je commençai de me démaquiller. Elle m'arracha le flacon des mains.

— Tu vas m'expliquer ?

— Calme-toi.

— Je suis calme, cria-t-elle.

Elle me rendit le flacon et s'assit sur le rebord de la baignoire. J'attendis qu'elle eût retrouvé ses couleurs naturelles.

— Tu me laisseras parler jusqu'au bout ?

— Je t'écoute.

J'avais eu tout le temps de préparer mon discours, et je le lui débitai posément, sans en omettre un seul mot, la main sur le cœur.

J'étais assez fière de ma plaidoirie et du ton sur lequel je l'avais prononcée. Émotion voilée, peine contenue. Je pensais que ma tirade avait atteint son but : culpabiliser Mona. Je me tus.

— Tu as fini ? demanda-t-elle d'une voix sifflante. D'abord, je ne me suis jamais plainte à quiconque de ta présence…

Je ricanai.

— Tais-toi, c'est mon tour de parler. A ceux qui m'ont demandé si tu allais rester, j'ai simplement dit que tu avais peut-être d'autres projets. C'est tout, et ce n'est pas déloyal. Maintenant, concernant mes projets et ceux de Charles…

Elle se leva, vint se placer à côté de moi, devant le lavabo. Elle respirait difficilement et ses narines étaient pincées. Elle irradiait la colère.

— Je vais te dire, ma pauvre chérie. Si tu

t'intéressais un peu à ce que je fais, si tu participais un peu plus à ma vie, si tu étais un iota plus généreuse, je t'en aurais parlé, et depuis belle lurette. Ce n'est pas ma faute, quand même, si tu t'enfermes dans ta tour d'ivoire depuis l'arrivée de Charles.

Elle maîtrisa son souffle et s'appuya des deux mains au rebord. Puis elle reprit, d'une voix basse et changée :

— Je m'aperçois que, contrairement aux idées reçues, on a toujours une foule de gens autour de soi quand on souffre. Ils se délectent de vos malheurs. Ils vous consolent. Ça leur donne de l'importance. Mais quand on est heureux, plus personne. Les gens sont jaloux.

— Tu as raison, dis-je. J'en suis arrivée à peu près aux mêmes conclusions, l'autre jour. Quoi qu'il arrive, on est toujours seul.

Mona planta son regard droit dans le mien.

— Tu trouves que j'ai raison, mais c'est de toi que je parle. Il faut bien se rendre à l'évidence. Quand je me suis mariée, tu étais furieuse, quand Stéphanie est née, tu étais furieuse, et maintenant, depuis le jour de

Noël, depuis que Charles est là, tu prends des airs outragés et tu ne desserres plus les dents. Tu as toujours été jalouse de moi. Tu es malade de jalousie. Parce que tu n'as jamais été fichue d'écrire un bon livre, de retenir un homme, parce que tu as raté ta vie, tu voudrais que tout le monde fasse de même…

Mona avait perdu tout sens de la mesure. Durant un bon quart d'heure, elle me balança en pleine figure les pires atrocités, de celles qu'on dit irréparables. Elle était comme une harpie, qui cherchait à faire mal et visait juste. J'étais si écorchée qu'il ne lui était pas difficile de m'atteindre. Cependant, je m'efforçais de conserver mon sang-froid et mon impassibilité l'exaspérait plus que ne l'eussent fait des insultes.

A la fin, à court d'arguments, la voix cassée, elle m'assena une gifle de toutes ses forces. Je portai la main à ma joue, et je la dévisageai tranquillement.

Elle était furibonde, échevelée. Elle avait la figure cramoisie et le sourcil courroucé. Elle ne soutint pas mon regard ; elle baissa les yeux, fondit en larmes et se jeta dans mes bras.

— Excuse-moi, dit-elle.

— Ce n'est pas grave.

— Tu ne m'en veux pas ?

Je secouai la tête. Elle eut un petit sourire fautif.

— Je me suis fait mal au poignet, se plaignit-elle.

Elle reniflait. Je lui tendis un kleenex. Elle se moucha.

— Je ne pensais pas toutes les horreurs que je t'ai dites, murmura-t-elle, timidement.

— J'ai déjà oublié.

Elle m'embrassa. Nous eûmes ensuite une longue conversation, jusqu'à une heure avancée. Elle fut douce et affectueuse. Je fus, moi aussi, douce et affectueuse.

Cette nuit-là, Charles dormit sur le canapé.

*

En vérité, je n'avais oublié aucune des paroles de Mona. C'eût pu être une querelle comme nous en avions déjà eu, comme il en existe entre sœurs aussi étroitement liées que nous l'étions. Ces altercations-là font office de soupape, elles permettent de purger de vieux, d'inévitables contentieux. Si violentes qu'elles soient, elles ne remettent en cause ni l'affection que se vouent les antagonistes, ni leurs liens. Tout au plus sont-elles l'occasion d'une brouille passagère.

Si telle avait été la nature de notre dispute, j'aurais fait la chose la plus attendue en ce cas. J'aurais rassemblé mes affaires et bouclé mon bagage. Mona, un peu honteuse et beaucoup pour la forme, m'aurait suppliée de repousser mon départ. Je me serais entêtée. En butte à mon obstination, elle se serait moquée de ma susceptibilité. Nous nous serions quittées froidement, je l'aurais boudée quelques semaines, voire quelques mois, et puis, un beau jour, tout cela n'aurait plus été qu'un souvenir, et matière à plaisanterie. Nous en avions vu d'autres.

J'y songeai, d'ailleurs, cette nuit-là, à m'en aller. J'y pensai même une bonne partie de la nuit. Je ne fermai pas l'œil. J'avais encore devant moi huit mois d'oisiveté. Je pouvais voyager. Je ne l'avais jamais fait. Je m'imaginai parcourant l'Europe, au volant de ma petite auto. Le printemps en Italie, en Grèce, l'été je ne sais où. L'idée était plaisante. Mais c'était, malgré ses protestations, précisément cela que Mona désirait, que je m'en aille, que je lui laisse le champ libre, et pour rien au monde, je ne lui eusse donné satisfaction.

J'avais beau savoir que son verbe avait dépassé son intention, qu'elle s'était laissé emporter et qu'elle regrettait, du fond du cœur, chacune des méchancetés irréfléchies qu'elle m'avait dites, je lui en voulais.

J'en voulais à la terre entière ; à Charles, bien sûr, dont le souvenir, quelques semaines auparavant, était presque effacé de ma mémoire, mais dans lequel je reconnaissais à présent la source de tous mes chagrins, de tous mes échecs, et que je rendais responsable de la femme amère et stérile que j'étais devenue ; mais surtout à Mona, qui n'avait commis d'autre faute que de réussir partout où j'avais failli.

Elle était trop épanouie, trop belle et trop heureuse. Cela paraissait injuste, à la fin. Et moi qui m'étais longtemps estimée, par bien des aspects, supérieure à elle ; moi qui avais porté ses choix de vie — son mariage, sa province, sa paresse intellectuelle — au compte d'un esprit moins délié, moins courageux et indépendant que le mien ; moi qui pour ces raisons affectais à son égard une attitude protectrice, mêlée de condescendance, je devais admettre qu'elle s'en tirait mieux que moi, de cette satanée existence.

Je comparais nos sorts et nos mérites. L'avantage lui revenait, incontestablement. Je l'en admirais malgré moi. Mona tirait bien meilleur parti, non seulement de ses atouts propres — sa blondeur, sa féminité, sa douceur —, mais aussi de ceux que nous avions en commun. Charles. Je ne pouvais lui pardonner Charles.

Je ne pouvais me défendre du sentiment, aussi absurde qu'injustifié, qu'elle m'avait fauché mon amant. Bien que je fusse consciente qu'elle n'était en rien coupable de cette noirceur, et qu'il m'aurait suffi, quand il en était encore temps, de dénoncer Charles, d'avouer à Mona ce qui s'était jadis passé entre nous pour la détourner à tout jamais de son inclination, j'éprouvais le désir croissant de l'en voir punie.

La perversité de Charles ne tarderait pas à la rendre malheureuse, et je comptais bien assister à sa déconfiture.

Je ne m'avouai pas ce projet à moi-même. Il est difficile d'admettre ses faiblesses, sa mesquinerie, son caractère rancunier. Il l'est moins de s'aveugler sur ses motivations.

Je parvins donc aisément à me persuader que je restais chez Mona afin qu'elle ne se repentît pas de m'en avoir chassée, que j'agissais ainsi par amour pour elle. Je poussai l'artifice à me dire que je ne demeurais à l'Aquarium que pour veiller à ce que Charles, que je n'avais su écarter de son chemin, ne la brisât pas, comme il m'avait brisée, moi.

A l'aube, je finis par m'endormir, satisfaite de moi et de mes bonnes résolutions.

Si j'avais su... J'aurais mieux fait de prendre mes cliques et mes claques.

Quand je me levai, Charles et Mona avaient déjà pris leur petit déjeuner. Mon couvert était mis sur la table de la cuisine, avec un petit mot. *Nous sommes allés nous balader. A tout à l'heure.* Mona avait dessiné sur le papier une ribambelle de cœurs roses. Dans son esprit, notre altercation n'avait pas laissé de traces. Elle ne savait pas que les bien-portants, les riches, les satisfaits, doivent se méfier des malheureux. Qu'ils ne peuvent les aimer impunément. Les gens malheureux mordent. Mona était trop bonne et trop naïve pour s'en douter. Elle manquait d'imagination. C'est une forme d'égoïsme, le manque d'imagination.

Je finissais de boire mon café, et j'étais

plongée dans les petites annonces du journal quand la voix de Stéphanie me fit sursauter.

— Je trouve ignoble que maman te mette à la porte. Tout ça pour installer son amant ici.

— Je croyais que tu aimais bien Charles.

Elle n'avait visiblement pas beaucoup dormi, elle non plus. Ses traits étaient tirés et ses yeux bouffis de fatigue. Je lui tendis une brioche. Elle y mordit, du bout des dents.

— Papa se décompose sous terre. Et maman l'a déjà oublié.

Je me souvenais du cauchemar que j'avais fait, le soir de Noël. Je me demandais souvent, moi aussi, comment nous réussissons à aimer, à nous nourrir, à marcher, à oublier que la terre n'est qu'un vaste cimetière dont les cadavres nous engraissent. Je me demandais, moi aussi, pourquoi on ne peut séparer la pourriture de la vie.

— Oh, s'il te plaît, ne me laisse pas seule avec eux. Reste avec nous.

Elle s'élança sur mes genoux et se blottit contre moi, comme une toute petite fille. Elle ne pleurait pas. Elle avait un chagrin sec, qui faisait vibrer comme une fièvre tout son corps anguleux. Son pyjama sentait le tabac. Je la berçai. Je caressai ses cheveux. Je lui murmurai des mots tendres à l'oreille.

Je ne partirais pas tout de suite. Et je ne m'en irais pas bien loin. Elle pourrait toujours compter sur moi. Je lui parlai d'elle, de son père, de moi et de Mona. Du temps qui passe, des douleurs qui s'estompent, des joies qu'on ne prévoit pas. De la mémoire. Je sentais que le son de ma voix l'apaisait. Sa respiration devenait plus régulière, elle ne tremblait plus. Je lui parlai alors — et j'usai d'un ton doucereux, persuasif — de la nature ardente, sensuelle, de sa mère, du besoin légitime qu'elle éprouvait de refaire sa vie. Stéphanie n'était encore qu'une adolescente, mais elle devait comprendre cela.

Elle se raidit et s'écarta un peu de moi.

— Tu es gentille, me dit-elle. Je t'aime beaucoup. Mais il y a des choses qui t'échappent.

J'allais lui demander lesquelles, quand notre attention fut attirée au-dehors par Charles et Mona qui revenaient de leur promenade. Ils se poursuivaient dans la carrière en se lançant des boules de neige. Mona courait, ravie et maladroite. On l'entendait japper d'excitation, de plaisir, comme un enfant. Elle trébucha sur une racine et tomba. Charles se précipita auprès d'elle et s'abattit à ses côtés. Il lui ébouriffa les cheveux, caressa son visage et l'embrassa. La main de Mona étreignait son dos. Ses doigts courts.

Je regardai Stéphanie. Stéphanie regardait sa mère. L'œil fixe. Les lèvres serrées, aspirées, comme si elle retenait son souffle.

La vérité m'apparut d'un seul coup, et je m'étonnai de n'en avoir rien soupçonné plus tôt.

Les deux amants se relevèrent, enlacés, et, nous apercevant dans la cuisine, ils se désunirent et nous adressèrent un joyeux signe de main.

Stéphanie se leva.

— Où vas-tu ? demandai-je.

— Mettre de l'ordre.

Une voix d'adulte, soudain. Une voix déterminée, froide et solitaire, qui me fit frissonner. Je ne m'étais pas trompée. C'était la voix d'une femme jalouse.

*

A peine Charles et Mona furent-ils entrés dans la maison, à peine avions-nous eu le temps de nous dire bonjour — lui très courtois, elle très tendre — que nous entendîmes un vacarme insolite, au premier.

Nous montâmes. Stéphanie déménageait, semblait-il, toute la maison. Le salon était encombré de valises, d'objets divers, de tables de chevet. Elle y avait traîné la commode de Mona.

— Qu'est-ce qui te prend, Stéphanie ?

La jeune fille ne répondit pas. Elle disparut dans sa chambre et en ressortit quelques instants plus tard, une chaise dans une main, une pile de vêtements dans l'autre.

Mona s'avança et lui barra le passage.

— Vas-tu m'expliquer ?

Stéphanie s'épongea le front et toisa sa mère, qu'elle dominait d'une demi-tête.

— Dis-moi, Maman, nous sommes toutes les deux héritières de cette maison, à parts égales, n'est-ce pas ?

Mona resta interdite.

— Eh bien, si tu as droit à un invité, j'y ai droit moi aussi. Et je ne veux pas qu'elle s'en aille, dit Stéphanie, en me désignant du menton. Puisque ton problème c'est de pouvoir baiser tranquillement, j'échange ma chambre contre la tienne. Comme ça, tu auras tes aises, et ton amant aussi. Ça vous évitera la comédie du canapé.

Le menton de Mona se mit à trembler. Elle cacha son visage dans ses mains et s'en fut en sanglotant. On entendit un remue-ménage de casseroles, de plats. Quelque chose tomba. Du verre brisé. Le bruit de la mauvaise humeur. Charles leva les yeux au ciel.

Stéphanie haussa les épaules.

— Au lieu de rester tous les deux plantés comme des statues, vous feriez mieux de m'aider.

Je m'avançai et pris un carton.

— Stéphanie a peut-être raison. C'est une solution, en attendant que je m'en aille.

En moins d'une heure, nous eûmes achevé de tout transporter d'une chambre à l'autre. Charles s'enferma dans celle qui était désormais la sienne, pour y ranger ses affaires. Il n'avait pas dit un mot. Il s'était contenté d'obéir aux ordres que lui donnait Stéphanie.

*

Mona pleurait. Elle avait pleuré la nuit précédente. Elle pleurait encore. Il lui semblait que ce flot de larmes ne tarirait plus. Elle se demandait avec effroi s'il était possible qu'elle en vînt à ne plus aimer son enfant, si elle était un monstre, une mère dénaturée. Elle était consciente de réagir de façon excessive. L'insolence d'une fillette ne méritait pas qu'on se mît dans un état pareil. Elle était pourtant retournée.

Longtemps, elle avait souffert de la préférence passionnée que Stéphanie manifestait à son père. Elle avait naïvement cru que la mort d'Olivier la rapprocherait de sa fille ; le contraire se produisait. Tous les efforts qu'elle déployait pour se concilier les faveurs de l'adolescente, pour assurer son bien-être — on lui avait assez seriné que les femmes sont avant tout des mères et se doivent tout entières au bonheur de leur progéniture — se soldaient par des échecs. Elle n'en récoltait qu'un supplément d'amertume. Stéphanie ne cessait de la provoquer, de braver son autorité, sa tendresse. Elle s'évertuait avec malignité à lui déplaire. Elle ne l'aimait pas. Elle ne l'avait jamais aimée. Mona le savait bien.

L'ingratitude de ses tâches et de ses devoirs la submergeait. Elle était fatiguée de se dévouer, de s'oublier, de s'effacer. Elle avait envie de penser à elle, de se protéger. Stéphanie lui voulait du mal. Stéphanie lui faisait peur. Et le désarroi de Mona se doublait du fait qu'elle en avait honte. Elle n'osait se confier à personne. Elle était seule.

— Je comprends tout cela.

Mona leva sur moi des yeux incrédules et reconnaissants.

— C'est vrai ? Tu me comprends ? Tu ne me trouves pas horrible ?

Je la rassurai.

— Tu vois, la chance recommençait à me sourire. Je croyais qu'elle s'entendait bien avec Charles. J'espérais qu'elle serait contente de le voir s'installer à la maison.

Je la dévisageai. Elle était sincère. Aveugle. Elle ne se rendait compte de rien.

— Elle ne supporte pas que je sois heureuse, poursuivit Mona. Elle cherche à tout gâcher, tout démolir.

Elle se remit à pleurer, la figure enfouie dans ses bras. Charles apparut sur le seuil de la cuisine où la vision de sa maîtresse éplorée l'immobilisa. Il la considéra un instant. Sa physionomie n'exprimait pas la moindre compassion, simplement l'agacement mêlé de dégoût que les larmes des femmes et leur abondance inspirent à la plupart des hommes. Il tourna les talons et repartit, silencieux et furtif. Mona ne l'avait pas vu.

— Tu devrais en parler à Charles, lui suggérai-je à l'oreille. Il t'aime. Il saura te consoler, et peut-être trouver une solution.

Mona tamponna de son mieux ses yeux rouges, me remercia d'une pression de main et rejoignit son amant. Je préparai le dîner en chantonnant.

Peu après, Stéphanie vint m'aider à mettre le couvert. Elle portait une minijupe en skaï noir et des talons hauts. On voyait qu'elle n'était pas habituée à la coquetterie, ni certaine que ce genre de vêtements lui seyait, et la gaucherie de ses gestes était ridicule et touchante.

— Maman encaisse mal, n'est-ce pas ? demanda-t-elle, sur un ton guilleret.

— Elle est un peu surprise. Elle s'y fera.

— Il faudra bien qu'elle s'y fasse. Elle n'est pas la seule garce, dans cette maison, ni la seule femme.

Elle avait dit ces derniers mots à part elle, les dents serrées, peut-être pour épargner ma susceptibilité — j'étais une femme après tout, moi aussi — et je fis semblant de ne pas les avoir entendus.

Je l'examinais du coin de l'œil. Elle s'était maquillée, un peu trop, et ce fard malhabile soulignait encore davantage sa jeunesse et lui conférait un caractère à la fois pathétique et agressif. Une lueur méchante éclairait son regard.

Je lui souris.

— Tu es très belle, assurai-je.

Je n'étais pas certaine que le sentiment que ma nièce éprouvait pour Charles Roch fût bien de l'amour, ni même du désir. J'inclinais à croire qu'elle était vexée. A Paris, Charles la traitait en adulte. Il lui témoignait de l'amitié. Elle y avait cru, et attaché une importance peut-être excessive à cette amitié. Or, depuis qu'il était à Murdaires, depuis qu'il était devenu l'amant de sa mère, Charles ne lui accordait plus qu'une attention distraite, une bienveillance d'aîné.

Sa mère lui avait volé son ami, et Stéphanie cherchait à récupérer son bien. Elle avait étudié les armes qu'utilisait sa mère pour régner sur ledit bien, et décidé d'adopter les mêmes. Sans doute aurait-on pu expliquer ce comportement par un banal complexe d'Œdipe. Stéphanie trouvait enfin l'occasion de se venger de ce que son père lui eût préféré sa mère.

Quoi qu'il en fût, amour, caprice ou revanche, cela ne m'importait guère. L'état d'esprit de ma nièce servait mes plans ou, plus exactement, me permettait de n'en méditer aucun. Je ne donnais pas cher de la vertu de Charles. Je n'avais qu'à guetter, tranquillement, son faux pas. Le petit nid de bien-être et d'harmonie que Mona tentait d'édifier sous mon nez en même temps que de m'en exclure, se détruirait tout seul, sans que j'aie à lever le petit doigt.

*

Le soir même de son coup de théâtre, bien qu'elle ne se fût pas excusée auprès de sa mère de sa grossièreté, Stéphanie la traita avec une déférence et un respect auxquels Mona n'était pas accoutumée, et qu'elle prit d'abord pour une marque de repentir. Mona ne demandait pas mieux que de passer l'éponge. Elle fut reconnaissante à sa fille de réparer ses torts avec une telle délicatesse.

En effet, Stéphanie se conduisit en parfaite jeune fille de la maison. Mona, dont le visage était encore congestionné par les pleurs, qui avait la mine et les cheveux défaits, ne pouvait s'empêcher de sourire à la vue de sa fille, devenue d'un seul coup, comme sous l'effet d'une baguette magique, jolie et féminine, mais aussi serviable, douce et complaisante. Stéphanie eut pour chacun de nous toutes sortes d'attentions. Elle débarrassa, fit le café, nous l'apporta, et pendant que nous le sirotions au salon, nous l'entendîmes laver la vaisselle et ranger la cuisine.

Un vrai petit miracle. Mona alla se coucher dans sa nouvelle chambre, à peu près consolée.

*

J'observais ma nièce. Le discernement et l'adresse de cette gamine me stupéfiaient.

Elle cassa sa tirelire et en quelques jours, renouvela sa garde-robe. Ce faisant, elle ne tomba dans aucun des pièges qu'eût pu lui tendre son inexpérience. Elle ne se déguisa pas en dame, et ne substitua pas non plus à ses oripeaux androgynes ceux d'une minette précoce et aguicheuse. Il n'y avait rien, dans les vêtements qu'elle se choisit, de provocant ni de vulgaire. Ils lui allaient simplement bien, et la montraient telle qu'elle était : une jeune fille bien dans sa peau et consciente de son charme. Nous l'en félicitâmes tous, Mona la première.

Mais l'amélioration de son apparence n'était qu'une étape dans le plan de Stéphanie, et c'est de manière beaucoup plus insidieuse, qui passa d'abord inaperçue, qu'elle déploya toutes ses qualités de stratège.

Petit à petit, et ce fut l'affaire de quelques semaines, tout au plus, elle réorganisa l'Aquarium. Charles se vit attribuer l'exclusivité du bureau, derrière la bibliothèque. Une table de bridge apparut là où trônait autrefois la télévision et nous prîmes l'habitude d'y prendre nos repas. La télévision fut reléguée dans un coin du salon. Le feu, qu'on n'allumait dans la cheminée que rarement, y brûla désormais chaque soir. Elle modifia ainsi une foule de petits détails sans que personne y prît garde. Je crois que Mona était assez soulagée que

Stéphanie la secondât dans ses tâches domestiques et ne se rendait pas compte qu'elle usurpait son autorité. Elle s'en alarma trop tard, lorsqu'il fut manifeste aux yeux de tous, et sans qu'on sût comment elle s'y était prise, que Stéphanie était devenue la véritable maîtresse de maison.

La petite cherchait à supplanter sa mère sur tous les fronts. A table, elle s'arrangeait immanquablement pour que la conversation déviât vers des sujets dans lesquels Mona était mal à l'aise. Le mutisme maternel la grisait. Elle s'en donnait à cœur joie, à peine consciente de mes rares interventions, et brillait de tous ses feux aux dépens de sa mère qui se recroquevillait, lasse et ennuyée de cet interminable dialogue auquel Charles semblait se prêter sans déplaisir.

Stéphanie parlait beaucoup mais bien. Elle disait des choses fort justes avec ce qu'il fallait de dérision dans la voix pour ôter à ses assertions ce qui aurait pu passer pour de la pédanterie. Elle m'étonnait et je voyais que Mona non plus ne pouvait s'empêcher d'admirer sa fille.

Par ailleurs, Stéphanie ne prêtait le flanc à aucune critique. Si toute l'énergie qu'elle dépensait n'avait d'autre objectif que d'accaparer l'attention de Charles et de le séduire, elle poursuivait son but avec bien trop de finesse pour le laisser entrevoir.

Elle continuait à combler ma sœur de prévenances et d'égards. Maman avait-elle soif ? Stéphanie se précipitait lui chercher la boisson désirée ; Maman laissait-elle tomber quelque chose à terre ? plus prompte que l'éclair, Stéphanie le ramassait aussitôt. Elle servait sa maman — elle avait ce mot constamment à la bouche — comme une princesse et lui ménageait la moindre peine. Elle refusait que Mona se levât de table, s'effaçait dans les portes pour lui céder le passage, lui tendait son sac, son manteau, enfin, elle faisait tant et si bien que je finis par soupçonner où elle voulait en venir : elle établissait sa rivale dans un rôle de douairière.

J'eus la confirmation de mes doutes le jour où Stéphanie déclara à sa mère que rien ne lui ferait autant plaisir qu'un beau chandail tricoté par les soins maternels. Elle cajola et supplia tant, ma petite maman chérie par-ci, ma petite maman chérie par-là, que Mona, qui n'avait pas manié d'aiguilles depuis des années, finit par y consentir. Dès lors, elle passa chaque soir après dîner engloutie dans un grand fauteuil, à compter ses mailles à mi-voix, une à l'envers, deux à l'endroit. Stéphanie avait eu soin de lui glisser un coussin dans le dos, un autre sous les pieds. Ainsi parée et marmottant, avec ses lunettes en demi-cercle — Mona commençait à devenir presbyte — ses pelotes de laine grise déroulées sur les genoux, il faut reconnaître que ma pauvre sœur perdait un peu de sa puissance érotique.

Pendant ce temps-là, Stéphanie jouait aux échecs avec Charles ou commentait Cioran, pour lequel elle se découvrait la plus vive curiosité.

*

Les répétitions des *Affinités Électives* avaient commencé. Deux fois par semaine, les acteurs se donnaient rendez-vous dans la grande salle des fêtes, sous la houlette de leur metteur en scène. Charles prenait sa tâche au sérieux et il réussit à faire en sorte — il faut mettre ce prodige à son actif — que les préparatifs de ce spectacle, dont chacun se désintéressait, devinssent en peu de temps le sujet de préoccupation principal des Murdairois.

Où qu'on allât, que l'on fît la queue à la poste, à la banque, au supermarché, on n'entendait plus parler que de cela. Il semblait que la fièvre se fût emparée des habitants, et cela avait quelque chose de risible, en vérité. A les écouter, on eût dit qu'il se tramait dans ce petit bourg quelque événement d'envergure nationale. On allait jusqu'à envisager la création d'un festival d'art dramatique. Avignon n'avait qu'à bien se tenir. Même Pierre Cannelle était revenu de son scepticisme, et avait fait voter par la commune un budget substantiel.

Dans un bel élan d'enthousiasme, tous voulaient participer à l'effort commun. Les offres de services les plus saugrenues surgissaient de toutes parts, des réunions sauvages s'organisaient, chacun donnait son point de vue et suggérait des solutions aux difficultés qu'il était seul à soulever.

Mona se réjouissait de cet afflux de bonnes volontés. Elle y voyait le triomphe de Charles et, dans son petit bureau, derrière l'hôtel de ville, elle remerciait en son nom les bénévoles dont elle enregistrait les suggestions.

Charles, de son côté, avait horreur qu'on se mêlât de ses affaires. La médiocrité de ses comédiens le consternait. L'amateurisme des organisateurs et celui de tous ces importuns qui voulaient lui prêter leur concours l'exaspéraient encore davantage.

Un après-midi, comme il rentrait d'une répétition, il laissa voir son découragement.

Mona tenta de lui remonter le moral.

— J'ai trouvé quelqu'un ce matin qui se propose de prendre en charge l'envoi des invitations. Gratuitement, tu te rends compte ?

Charles explosa.

— J'en ai assez, s'écria-t-il, de toutes ces dames patronnesses ! Je suis metteur en scène, moi ! Je ne monte pas une vente de charité ! Je n'en ai rien à fiche, de ces incapables qui s'improvisent photographes, mécènes, attachés de presse. Laisse-moi faire mon métier et cesse de me harceler avec ta bienfaisance. Tu n'as qu'à t'en occuper, après tout, c'est ton job.

Il sortit et claqua la porte d'entrée avec violence. Les pleurs de Mona ne se firent pas attendre. Je me précipitai auprès d'elle, un mouchoir à la main. Elle hoquetait.

— Le pauvre, il a tant à faire. Je suis si maladroite.

Elle le regardait, énamourée et ruisselante, arpenter la carrière à grands pas furieux.

— C'est égal, grondai-je, tu ne devrais pas le laisser te parler sur ce ton.

J'avais à peine achevé ma phrase que Charles était de retour. Agenouillé aux pieds de Mona, il lui baisait les mains, les yeux, essuyait ses joues.

— Ma chérie, ma Mona, ma démone, pardon... Je suis un mufle, un imbécile...

Et il l'embrassait, et il lui caressait les cheveux, et il la serrait sans ses bras, et Mona pleurait, et Mona riait, et ils chuchotaient, ils murmuraient, ils gazouillaient, et moi, j'assistais à cette scène touchante, froide, raide et immobile.

Ils se séparèrent enfin. Mona, rayonnait à

travers ses larmes de tout le bonheur que lui donnait l'assurance d'être aimée.

Charles descendit à la cave et en rapporta une bouteille de vieux porto. Il nous servit à chacune un verre.

— Tu sais, Mona, ce qui me serait fort utile — elle écarquilla les yeux, tout alléchée à l'idée de lui rendre service —, c'est que tu me déniches un décorateur. J'en aurai bientôt besoin.

— Pourquoi ne proposes-tu pas à Stéphanie de s'en charger ? proposai-je sur-le-champ, ça l'amuserait et elle ferait ça très bien.

Le visage de Charles s'éclaira. Mona détourna les yeux, troublée.

— Stéphanie est trop jeune, objecta-t-elle. Et puis, elle n'aura pas le temps. Il y a l'école.

— On peut toujours lui demander.

— C'est cela, répéta Charles. On peut toujours lui demander.

Les semaines s'écoulaient. Le début du mois de mars fut marqué par de violentes tempêtes. Il y eut, dans la région, de nombreuses toitures arrachées, et on ne comptait plus les arbres déracinés. Notre vie, elle, suivait son cours sans incident notable.

Stéphanie consacrait désormais tout son temps libre à Charles ; elle lui soumettait des plans, ébauchait des maquettes. Il s'émerveillait de son talent, de son intelligence. Il sollicitait son avis. Elle ne craignait pas de critiquer sa conception de la mise en scène et il tenait compte de ses remarques. Elle était devenue sa conseillère attitrée.

A la maison, ils ne causaient plus, l'un et l'autre, que de leurs *Affinités Électives*. Décors, symbolique, tension dramatique, éclairages. A peine semblaient-ils s'apercevoir de notre présence. Parfois, Stéphanie se tournait vers sa mère et lui demandait à brûle-pourpoint :

— Et toi, maman, qu'en penses-tu ?

Mona, prise au dépourvu, restait muette.

Stéphanie secouait la tête d'un petit geste désinvolte qui balayait ses cheveux, et elle reprenait la discussion, sans attendre de réponse.

*

La complicité que sa fille avait nouée avec Charles reléguait Mona au second plan. Tandis que Stéphanie partageait avec Charles les tâches les plus exaltantes de l'aventure, ma sœur, qui en était l'instigatrice, voyait la sienne réduite à houspiller la couturière ou l'électricien, à vérifier qu'après chaque répétition la salle fût bien fermée et les lumières éteintes.

Mona était trop généreuse pour ne pas se réjouir des succès de sa fille. Chaque jour, elle en recevait des compliments. Cependant, elle ne pouvait se défendre d'un sentiment croissant d'infériorité. Elle se jugeait, elle se trouvait sotte, lente et bornée. Elle tremblait d'ennuyer Charles. Elle hésitait à se montrer câline. La timidité paralysait sa tendresse.

Parfois — oh, cela ne durait pas longtemps, elle repoussait aussitôt loin d'elle cette méchante lueur — il lui semblait discerner dans le comportement de Stéphanie une coquetterie un peu perverse. Mais c'étaient là des pensées inavouables. Mona se fût méprisée de jalouser son enfant. Elle se forçait à la sérénité et reprenait son tricot.

De jour en jour, elle perdait son éclat. Elle s'étiolait. Son bonheur avait été bref.

Elle recherchait à présent ma compagnie. Elle ne me confiait rien, bien sûr, de ce qui la tracassait, mais j'étais à peu près la seule personne devant laquelle elle se sentait à l'aise, en présence de qui elle n'était pas obligée de composer. Son désarroi me faisait pitié, et je l'aimais à nouveau de tout mon cœur.

Toutefois, elle avait beau être triste, elle était plus amoureuse que jamais de son Charles, et Stéphanie avait beau passer des heures entières en tête-à-tête avec lui, je ne voyais pas qu'elle eût avancé d'un pouce dans sa conquête.

Charles semblait parfaitement indifférent au charme féminin de ma nièce. Sa conduite, il faut bien l'avouer, demeurait irréprochable. Il avait une attitude de père de famille. Bien qu'un peu absent et parfois fatigué, il continuait de monter le vin, de fendre le bois et de descendre les poubelles. Sans doute aussi continuait-il de faire l'amour à Mona.

Je me perdais en conjectures. Je rongeais mon frein.

*

Je préparais alors l'allocution que j'avais promise aux condisciples de Stéphanie.

La date en avait été plusieurs fois reportée, pour je ne sais quelles raisons. On en avait finalement arrêté une. Je me mis à travailler d'arrache-pied.

Cet événement, tout anodin qu'il fût, revêtait à mes yeux une importance considérable.

Je mettais à la composition de mon discours le soin d'un académicien ciselant l'éloge de son prédécesseur, mais je n'avais pas l'intention de faire l'éloge de quiconque, le mien encore moins.

Je voulais me présenter à ces adolescents telle que j'étais : un contre-exemple. Leur dire que j'étais seule, que j'étais triste, que j'avais peur. Peur de vieillir, peur d'être passée à côté de ma vie. Leur dire que la plupart d'entre eux me ressemblaient, qu'ils ne savaient rien désirer avec assez de fièvre. Leurs petites misères et leurs petits tracas les assoupissaient déjà. Leur dire de prendre garde : ils se réveilleraient un beau matin, sans rêves et sans mémoire, leurs espérances rognées. Le bonheur des autres leur ferait mal et le leur ne serait qu'une façade; leurs amours auraient été des béquilles et leurs succès des leurres. Ils se croiraient de plus en plus sages et seraient de plus en plus lourds. Ils perdraient le sentiment d'être uniques et celui d'être précieux. Ils apprendraient, d'un coup, la lucidité; ils la trouveraient difficile et plus difficile encore de perdre leurs illusions sans amertume. Je leur dirais la frustration, la fatigue et l'accablement. Je leur dirais que j'avais passé mon temps à chercher ma place et que nul ne me l'avait accordée. Je leur dirais que la vie était infiniment plus dure que tout ce qu'ils pouvaient imaginer. Je leur dirais que je n'avais rien à leur enseigner, rien à leur dire, et il me semblait que si j'arrivais à leur dire tout cela, je me réconcilierais avec l'existence, qu'en me montrant nulle, je cesserais de l'être, et au fur et à mesure que j'avançais dans ma rédaction, j'étais gagnée, au contraire, par une sorte d'optimisme, d'euphorie même.

J'étais nue, j'étais sincère, et pour la première fois de ma vie, les mots que j'employais sonnaient juste. Pour la première fois aussi, je me sentis fière de ce que j'avais écrit. Mon texte n'essayait pas de plaire, ni d'être beau. Il avait le goût du sel, il était vrai.

Stéphanie demanda à le lire. Elle me le rendit avec un sourire embarrassé.

— Ça te plaît ?

— Je n'imaginais pas cela, dit-elle.

Quelques jours plus tard, en me réveillant, je trouvai glissé sous ma porte un billet de Stéphanie. Elle m'annonçait que la conférence était reportée sine die. Ses explications étaient confuses. Le professeur était débordé.

Je me levai. Stéphanie était déjà partie pour le lycée.

*

J'étais blessée que ma nièce n'eût pas pris la peine de me dire les choses en face. Ma vérité lui faisait honte, elle lui paraissait indécente.

Quand elle revint de l'école, je n'osai faire aucune allusion à son billet. J'étais troublée. Elle avait sans doute raison : mon exercice de franchise relevait du masochisme, d'un exhibitionnisme de mauvais goût. Ma médiocrité manquait de panache.

Je déchirai mes feuillets.

Toute la semaine, j'errai comme un zombie dans l'Aquarium. Je tournais en rond. Je passais des journées entières étendue sur mon lit. Je n'avais plus faim. Je n'avais plus soif ni sommeil.

Mona cherchait en vain à me secouer.

— Il y a des primevères partout, et les premiers narcisses. C'est ravissant. Tu ne veux pas sortir avec moi ?

Elle s'inquiétait.

— Que se passe-t-il, ma chérie ?

Il me restait juste assez d'orgueil pour dissimuler la source de mon abattement. Je ne savais pas. La fatigue, tout bonnement.

*

Le dimanche suivant, comme j'étais seule à la maison, je passai devant le bureau de Charles. Il avait laissé traîner sur la table son carnet de moleskine noire. Je l'ouvris.

Je fus longue à me rendre à l'évidence : ma nièce avait demandé à Charles de donner la conférence à ma place. Le brouillon que j'avais sous les yeux s'adressait à ses camarades.

Charles y exposait sa conception de l'existence. Il peignait son parcours sous des couleurs saisissantes. Il était question de liberté, de courage et d'indépendance. Le refus des compromissions : c'était lui ; le mépris des honneurs : c'était lui ; la fidélité à un idéal : c'était encore lui. Il s'érigeait en modèle, en gourou. Sa prose était un tissu de mensonges, d'hypocrisie et de suffisance.

Il avait mitonné de belles phrases, des formules élégantes et ironiques. Je l'imaginais. Il avait dû travailler devant un miroir et étudier ses expressions. Celles d'une personne sage, revenue des passions ineptes de la vie, pleine d'indulgence, de sagesse, et pourtant non dénuée d'humour. Il avait prévu, en marge, des pauses et des petits sourires entendus.

Au bas du texte, Stéphanie avait rajouté à l'encre rouge ses commentaires enthousiastes et inscrit la date et l'heure de la conférence.

Je refermai le carnet.

Il me fallait mettre la main sur Charles. Tout de suite. Je m'habillai. J'avais égaré mes bottes. Dans ma hâte, j'empruntai celles de Mona. Nous avions la même pointure.

*

Midi venait de sonner. Je n'étais pas en état de conduire. Je courus, plus que je ne marchai, à la salle des fêtes. J'étais certaine d'y trouver Charles.

Je contournai le bâtiment et me glissai derrière les coulisses, dans un débarras où on avait entreposé toutes sortes de matériels, un piano à queue protégé par une couverture, des planches, des tréteaux et des chaises empilées jusqu'au plafond. Une volée de marches donnait accès à la scène.

J'entendis Anne Cannelle qui déclamait. Une femme lui donnait mollement la réplique. Puis quelqu'un frappa dans ses mains avec autorité. Charles.

— C'est bon, mes enfants dit-il. Ça suffit pour aujourd'hui. On verra la suite la prochaine fois. Mardi soir, six heures.

Quelques rires, des exclamations. On se rassurait, on se congratulait. Ils devaient bien être cinq ou six, là haut. J'écoutai le bruit de leurs pas décroître sur le plancher. Puis le silence se fit.

Je grimpai l'escalier.

Charles était assis sur un tabouret, face à la scène. Une petite lampe, derrière lui, éclairait une liasse de papiers qu'il tenait sur les genoux. Stéphanie, debout à côté de lui, les bras ballants, regardait ce faiseur avec des yeux languides. Je me dissimulai dans une encoignure.

— Je vais rentrer, Charles, si tu n'as plus besoin de moi.

— Vas-y, fit-il sans lever les yeux de ses notes.

Elle ne bougea pas.

— Quand même, je vais ranger un peu.

Il émit un petit grognement d'approbation. Stéphanie monta sur le plateau. Elle aligna bruyamment quelques chaises, ramassa des feuilles de papier éparses, poussa un cendrier. Elle cherchait à attirer son attention. Peine perdue, Charles demeurait absorbé dans ses notes. Elle toussa. Rien.

Puis, — le fit-elle exprès ? je ne le saurai jamais — elle se prit le pied dans un câble électrique qui courait sur le sol et s'étala de tout son long.

En deux bonds, Charles fut auprès d'elle.

— Tu t'es fait mal ?

Elle geignait un peu. Il passa un bras sous les siens et l'aida à se relever.

Alors, Stéphanie s'agrippa à lui de toutes ses forces et l'embrassa sur la bouche. Violemment, passionnément. Je voyais ses mains — elle avait les mêmes vilaines mains courtes que sa mère — crispées sur la nuque de Charles, et lui… Lui ? ma foi, il se laissait embrasser.

Je redescendis l'escalier à reculons, avec précaution, comme une voleuse.

Je traversai le bourg comme une personne ivre. Sur la place, le marché finissait. On remballait les étals. Plusieurs personnes me saluèrent. Je ne crois pas avoir répondu à leur salut. Je ne voyais rien. J'étais hors de moi.

La fausseté de Stéphanie, ses manigances, l'égoïsme de Mona, ses larmes, mon dépit, mon aigreur, tout cela était l'œuvre de Charles. Il viciait et corrompait tout ce qu'il touchait.

Je le haïssais.

La haine, comme la grippe, se greffe de préférence sur un organisme déjà affaibli. J'étais vulnérable ; elle avait couvé à mon insu depuis des semaines. Elle s'était emparée de moi comme un incube, et j'en découvrais, brusquement, toute l'étendue et la virulence.

Je marchais tête baissée. Le macadam fuyait sous mes pas. Je cherchais les synonymes de mon sentiment, et j'en répétais les nuances. J'exècre Charles, je l'abomine, je l'abhorre. Je soupesais ces mots, je les caressais de la langue. Je leur trouvais une saveur amère et intense et j'éprouvais à les proférer une exaltation croissante. Ma poitrine se gonflait d'énergie, d'impatience. J'avais envie d'étreindre, d'étouffer, de broyer.

Par apathie, par indifférence, j'avais laissé cet homme s'introduire dans l'Aquarium. Il s'y était répandu tel un miasme. Depuis des mois, j'observais son charme délétère tout salir, tout abîmer. En lâche témoin, je n'avais rien tenté pour l'empêcher de nuire. Mais il n'y avait plus en moi la moindre trace d'apathie ou d'indifférence. La haine m'enflammait mieux que l'amour ne l'avait jamais fait. Elle me donnait des ailes. Mes sens s'aiguisaient, mon intelligence se doublait de méchanceté.

Je chasserais le mystificateur. Je purifierais l'atmosphère de sa présence, je la désinfecterais. J'éliminerais jusqu'à son souvenir.

Je parviendrais bien, aujourd'hui même, à

le rencontrer en tête-à-tête. Je le menacerais, je saurais l'épouvanter. Avant ce soir, il aurait déguerpi. En minable qu'il était.

Parvenue devant la maison, j'hésitai à y entrer. Je rebroussai chemin. J'empruntai le petit sentier, derrière la carrière. Le sol était boueux et glissant.

J'atteignis le belvédère. Après mon accident, on avait clôturé la terrasse avec des piquets et du fil de fer barbelé mais les tempêtes, ces derniers temps, les avaient arrachés. Nous avions oublié nos chaises. Elles avaient pourri là pendant tout l'hiver et l'une d'elles était tombée en morceaux. Je m'assis sur l'autre — le bois en était humide et mou — et je respirai profondément.

C'était une des premières journées de printemps. Tout bourgeonnait. Le soleil était chaud, l'air calme et limpide, et les oiseaux faisaient un joyeux tapage. Je fermai les yeux.

*

Peut-être m'assoupis-je quelques instants. Quand je rouvris les yeux, je n'étais plus seule sur la terrasse. Charles, debout, face au vide, me tournait le dos.

Interdite, je ne songeai pas à l'apostropher. Je le regardai. Je regardai ses épaules un peu rondes et la voussure de son dos. Son pantalon mis de travers, qui tire-bouchonnait sur ses talons.

Je me souvenais de tout, du grain de beauté qu'il avait au creux des reins, de la courbe épaisse de sa cuisse, de la veine enroulée qui saillait au creux de son genou. Je savais les moindres détails de son corps et de son intimité, et cependant cette science n'empêchait pas qu'il me fût étranger.

Il m'apparut brusquement que le passé ne me servait de rien. L'expérience que j'avais de cet homme, pourtant incontestable, s'avérait nulle. Je n'étais même plus bien sûre que mes souvenirs m'appartinssent encore. Une autre que moi les avait peut-être vécus. Le doute m'envahit, et tout ce que j'avais à lui dire me sembla sans objet. Menaces et arguments s'embarrassèrent dans ma bouche, dénués d'un seul coup de toute leur pertinence, de toute leur efficacité.

— Charles.

J'avais dû faire un effort pour prononcer ce nom de façon intelligible. Je n'étais pas certaine qu'il m'eût entendue. Les mains enfoncées dans les poches, il ne bougeait pas.

— Charles, répétai-je — ma voix s'était un peu affermie —, je te hais.

Ma haine à la rescousse, pour me donner du cœur.

— Je sais, dit-il, d'une voix unie, sans prendre la peine de se retourner.

— Je veux que tu t'en ailles. Que tu quittes l'Aquarium.

Il ne répondit pas. A peine haussa-t-il les épaules. J'aurais donné ma main à couper qu'il souriait. Son curieux sourire de côté, la lèvre inférieure mordue. Je ne l'intimidais pas le moins du monde. Je repris, avec plus de véhémence :

— Je veux que tu fiches le camp, sinon…

— Sinon ?

— Je dirai tout. Ton passé, ta veulerie, tes stratagèmes…

— Tu n'auras pas besoin de me dénoncer,

dit-il doucement. Je le ferai moi-même. J'y pensais justement.

Mes mains devinrent moites. Je savais bien de quel déballage il était capable. La lecture de son carnet m'avait ouvert les yeux. Il dénaturerait les faits. Il donnerait à ses bassesses des reliefs héroïques. Il se draperait des vertus du repentir. Mona s'attendrirait. Elle l'aimerait d'autant plus qu'il en était moins digne.

Charles calculait juste : sa prétendue franchise lui assurerait une impunité définitive; mon silence, par contraste, apparaîtrait hypocrite et coupable. Rien de ce que je pourrais arguer ne le justifierait. Mona me tournerait le dos.

Je tremblais de rage, de dégoût.

Il se tenait tout près du bord, dangereusement près. Tout à l'heure, j'avais failli, par un stupide instinct de conservation, l'en avertir, le prier de reculer d'un pas. Je m'étais ravisée. L'idée me traversa maintenant que je pourrais le bousculer dans le vide. Mais Charles était beaucoup plus fort que moi. Il résisterait à ma poussée ou m'entraînerait avec lui dans sa chute.

— Tu ne vas pas encore ajouter des mensonges aux mensonges. La comédie a suffisamment duré. Va-t'en.

— Ce n'est pas une comédie, j'aime Mona.

Si je le poussais, en admettant que j'y parvienne, il se débattrait tout de même, et on retrouverait sur son paletot un de mes cheveux, un bout d'ongle, une trace de sueur, de l'ADN en pagaille.

— Tu parles ! Tu l'aimes, et tu tripotes ma nièce !

— Ah ! fit-il. Tu étais donc là ?

Il me jeta un bref regard de côté, chargé de mépris, et le détourna aussitôt, comme si ma vue lui était insoutenable. Je baissai les yeux. Le barbelé de la clôture était enfoui dans l'herbe, à portée de ma main.

— Tu es une drôle de créature…

Je ne l'écoutais plus. Le fil serpentait le long du précipice, jusque sous les pieds de Charles. Je me rappelai Stéphanie, tout à l'heure, se prenant les pieds dans le câble électrique.

— … Tu ne t'es jamais souciée de quiconque, de ta sœur ni de personne…

Vingt centimètres au plus le séparaient du

bord. L'imprudent, ses mains dans les poches. Un coup soudain devait suffire à lui faire perdre l'équilibre. Je dégageai le fil, doucement. Ne pas attirer son attention.

— ... Tu n'as pas de sentiments, tu ne penses qu'à toi...

En cas de malheur, s'il se rattrapait, il ne soupçonnerait rien. Moi, assise sur ma chaise, j'aurais l'air innocent. Je pourrais même crier — attention ! — comme pour le prévenir. La surprise le rendrait plus vulnérable. Que ferait-il, si je criais attention ? Un pas en arrière ? Non, il se retournerait brusquement. C'était cela qu'il fallait faire. Crier, et alors, au moment où il se retournerait, tirer d'un coup brusque. J'empoignai solidement le fil.

— ... En réalité, une fille sans cœur, pas même une femme...

— Attention !

*

A l'endroit où se tenait Charles, un instant auparavant, il n'y avait plus rien. Tout était silencieux. Même les oiseaux s'étaient tus. Cela n'avait fait aucun bruit.

Je m'approchai du bord. Il était là, en bas, vingt mètres plus bas, écrasé contre le rocher, inanimé. Son écharpe rouge faisait une tache de couleur sur le caillou clair.

*

J'étais pleinement consciente de ce que je venais de faire. J'avais accompli un acte simple et salutaire. J'avais tué un être malfaisant. Je me sentais sereine, apaisée.

Il ne me restait plus qu'à regagner l'Aquarium. Je me déchaussai et je reposai les bottes de Mona là où je les avais prises.

Dans la cuisine, le couvert du déjeuner était resté intact.

J'entrai dans le salon. Mona était assise dans son grand fauteuil. Elle défaisait tout son ouvrage d'un mouvement lent et machinal, presque un mouvement de semailles. La laine détricotée filait en tortillons sur ses genoux. Elle avait une expression hagarde, le regard fixe.

— Stéphanie n'est pas là ?

— Elle sort d'ici. Tu ne l'as pas croisée ?

Je ne répondis pas. Je pensai que Stéphanie

pouvait découvrir le corps — il gisait à quelques mètres seulement derrière la maison. J'allai dans sa chambre. Les baies ouvraient sur le fond de la carrière. Une rangée de fourrés masquait le cadavre. Je ne distinguai rien. Pas même un bout d'écharpe rouge. Stéphanie, en tout cas, n'était pas dans les parages.

Je revins dans le salon. Mona continuait, comme un automate, à démailler son tricot. Je ne sais pourquoi, ce geste me parut intolérable. Je lui arrachai des mains ce qui restait du chandail.

— Qu'y a-t-il, Mona ? Pourquoi fais-tu cette tête ?

— Il faut, dit-elle d'une voix sans timbre, que je me sépare de Charles.

Je m'assis en face d'elle, les jambes coupées. Avais-je donc commis un meurtre inutile ? Au moment où Mona elle-même comprenait la vraie nature de son amant et la nécessité de l'éloigner ?

— Te séparer de Charles ? Mais pourquoi ? Tu n'es pas sérieuse ?

— Je suis très sérieuse. Il faut qu'il s'en aille.

— Que s'est-il passé ?

— Je n'ai pas envie d'en parler.

Je ne pus lui soutirer aucune explication. A chacune de mes questions, elle balayait l'air d'une main lasse, et secouait la tête sans répondre.

Je me réfugiai à l'autre bout du salon, devant la télévision. Je pris au hasard une cassette et l'introduisis dans le magnétoscope. C'était *La nuit du chasseur*. Je réglai le volume en sourdine. J'avais du mal à me concentrer sur l'intrigue. J'avais déjà vu le film dix fois, je le connaissais par cœur. Je guettais tous les bruits. Je tremblais de voir surgir Stéphanie échevelée, hystérique. Il faudrait se précipiter, simuler l'horreur, la surprise, jouer l'affolement, hurler aussi, sans doute. Comment fait-on, lorsqu'on a assassiné quelqu'un ? J'avais peur, maintenant.

J'entendais Mona qui se parlait à elle-même. Elle se plaignait d'amour et de douleur. Ces deux mots revenaient dans sa mélopée avec la régularité d'une migraine. Le sang battait dans mes tempes à coups sourds et désordonnés. Elle l'aimait. Comme cette petite sotte, à la fin du film, qui persistait à aimer le pasteur... Je chantonnai : *Leaning... Leaning...*

Nous passâmes tout l'après-midi ainsi : Mona perdue dans je ne sais quelles visions, poursuivant son monologue ; moi regardant sans les voir des images défiler sur l'écran.

Leaning... Leaning. Cette chanson ne me sortait plus de la tête.

*

Il faisait déjà nuit quand Stéphanie rentra. Elle avait pleuré. Ses yeux étaient rouges. Elle avait une cigarette à la main.

— Tiens, tu fumes, maintenant, constata Mona.

— Il y a longtemps que je fume, répondit Stéphanie.

Elle disparut dans sa chambre et s'y enferma. Elle n'avait pas retiré ses bottes et laissa derrière elle des empreintes boueuses sur le carrelage. Elle portait les mêmes bottes que sa mère.

Mona se leva.

— Si nous dînions ? me proposa-t-elle.

Je la suivis à la cuisine. Il me sembla judicieux, alors, de m'inquiéter de Charles. Mona aurait pu trouver curieux que je ne remarque pas son absence.

— Et Charles ?

— Oh ! dit Mona. Cela m'étonnerait qu'il rentre ce soir.

Nous nous couchâmes tôt. Je tombai sur mon lit comme un sac et je sombrai dans le sommeil instantanément.

Le réveil de Stéphanie sonna à sept heures moins le quart. Je sautai à bas de mon lit. Le soleil n'avait pas encore paru derrière la montagne et le jardin était bleu.

J'entendis ma nièce prendre sa douche, s'habiller, rassembler ses affaires d'école. Je savais qu'elle avalerait un café en vitesse, debout dans la cuisine. Elle était toujours en retard et elle devait se hâter, si elle voulait attraper le bus qui la conduisait à la gare.

Ensuite, la maison serait à nouveau plongée dans le silence. Mona se levait rarement avant huit heures.

J'enfilai un peignoir et je demeurai assise sur mon lit. Aujourd'hui, sans doute, quelqu'un découvrirait le cadavre. On appellerait un médecin. Lequel serait perplexe. On n'échapperait pas à l'intervention des policiers. Ils découvriraient les traces. Ils comprendraient qu'il ne s'agissait pas d'un accident. Ils poseraient des questions. Il fallait que je sois prête à y répondre sans me troubler.

Je récapitulais les événements de la veille. J'essayais d'établir mon emploi du temps. On m'avait vue au village. Qu'y faisais-je ? Je me promenais tout simplement. Ensuite ? Ensuite j'étais rentrée en flânant. Directement ? Oui, directement, et j'avais passé tout l'après-midi avec ma sœur. Non je n'étais pas ressortie, n'est-ce pas, Mona ? Mona acquiesçait. Si je gardais mon calme, je ne risquais rien. Quelles raisons aurais-je eues de tuer cet homme ? Mais qui l'avait tué ?

En bas, la machine à café ronfla — c'est fou ce que cette maison était sonore. Peu après, la porte d'entrée claqua. Je m'approchai de la baie. Stéphanie, son sac d'école en bandoulière, se dirigeait vers son petit bureau. Elle y avait sûrement oublié quelque chose. Mon cœur se serra : de là, à moins que l'ombre ne fût encore assez épaisse, elle ne pouvait manquer d'apercevoir le corps. Je retins ma respiration.

Elle pénétra dans son antre, alluma la lumière et réapparut presque aussitôt, un grand carton à dessin sous le bras. Elle referma la porte. Elle regarda autour d'elle, à gauche, à droite, comme si elle humait l'air frais de l'aube. Je la vis hésiter un instant, puis poser son carton à terre. Ça y est. Elle l'avait repéré. Elle avança, d'un pas prudent vers le fond de la carrière. Elle disparut derrière la maison. Je me bouchai les oreilles. Un hurlement suraigu déchira la quiétude de ce petit matin.

*

Dans le salon, je me heurtai à Mona.

— Tu as entendu ?

— C'était Stéphanie !

Nous nous mîmes à crier, toutes les deux :

— Stéphanie ! Stéphanie, où es-tu ?

On n'entendait plus rien.

— Ça venait de l'extérieur, je crois.

Nous sortîmes pieds nus dans le jardin. Mona, comme mue par un aimant, alla droit au but.

Stéphanie, affaissée sur le cadavre de Charles, était en pleine crise de nerfs.

Ma sœur, qui s'affolait souvent pour un rien, fit preuve d'une étonnante maîtrise d'elle-même. Elle prit la situation en main. Sèche, autoritaire, elle ne semblait pas le moins du monde émue, ni bouleversée.

— Occupe-toi de ma fille, j'appelle le médecin.

Je dus porter Stéphanie jusqu'à ma chambre. Elle trépignait, se griffait le visage. Je l'étendis sur mon lit. Elle voulut se relever. Je l'y maintins de force. Elle se débattit. Elle chercha à me mordre. Je la giflai à toute volée. Elle se calma.

— C'est sa faute, répétait-elle. C'est sa faute.

Je m'allongeai à côté d'elle et je la pris dans mes bras. Elle me raconta tout.

*

Elle me raconta Paris, comment elle était tombée amoureuse de Charles et pourquoi elle s'était cru des raisons d'espérer.

Elle me raconta aussi sa désillusion, la jalousie qu'elle avait conçue à l'encontre de Mona, comment Charles s'était mis à se comporter en beau-père, son chagrin, son humiliation. Rien de tout cela ne m'apprenait grand-chose. Je l'encourageai à poursuivre.

— Hier, après la répétition, tout le monde est parti. Je suis restée seule avec Charles. Je rangeais. Je suis tombée. Charles est venu me relever, et nous nous sommes retrouvés dans les bras l'un de l'autre.

Elle ferma les yeux, le sourire aux lèvres. Elle le goûtait encore, son baiser.

— Et ensuite ?

Ensuite, il avait bien fallu se séparer. Charles s'était un peu éloigné d'elle. Il gardait les yeux fermés. Quand il les rouvrit, il contempla la petite longuement, sans rien dire. Puis il s'excusa. Elle ne comprit pas tout de suite pourquoi il s'excusait.

Il fit preuve de tout le tact, de toute la douceur dont il était capable. Stéphanie était attirante, délicieuse, il l'admirait, l'adorait, et c'est pour cela qu'il s'était laissé entraîner. Mais il ne recommencerait pas. Ah, s'il avait eu vingt ans de moins, bien sûr, il l'aurait aimée, avec passion, même. Hélas, il était un vieux bonhomme, et enfin, l'amant de sa mère. Il fut chevaleresque. Il fit de son mieux pour ne pas blesser l'adolescente, il minimisa son sentiment pour Mona, il exagéra ses regrets, il alla jusqu'à évoquer son devoir, mais il ne fléchit pas. Une relation entre eux était impossible. Niet. Il n'en démordit pas.

Un instant plus tôt, Stéphanie avait atteint ce qu'elle supposait être le sommet de l'extase. Elle se croyait à présent précipitée au fond de l'enfer.

Mais Charles était si tendre, il semblait lui-même si triste, qu'elle finit par admettre ses scrupules. Elle maudit avec lui la fatalité du sort. Soit. Elle renoncerait. Elle s'effacerait. Comme l'Odile des *Affinités*. Elle se sacrifierait. Elle serait héroïque.

— Après tout, me dit-elle, en levant sur moi des yeux noyés — les mains jointes sur la poitrine et un air de martyre qui m'eût fait rire en d'autres circonstances —, ce que je voulais d'abord, c'est qu'il soit heureux.

Ils quittèrent la salle des fêtes ensemble, et rentrèrent à la maison à pied. Ils étaient convenus de garder le secret sur ce qui venait de se passer. Son souvenir n'appartiendrait qu'à eux. Comme ils approchaient de l'Aquarium, Charles l'avait laissée. Il avait besoin de solitude.

Sur le chemin, Stéphanie avait pris une décision en son for intérieur. Elle demanderait à sa mère de l'envoyer en pension, après les vacances de Pâques.

— C'était trop pénible pour moi de les voir tous les deux se bécoter sans arrêt, je ne pouvais pas le supporter. Il valait mieux que je m'éloigne.

Elle alla trouver sa mère et lui fit part de son vœu.

— Maman était dans tous ses états. Mais pourquoi, ma chérie ? Pourquoi ? Je ne pouvais pas lui expliquer. Elle pensait que je voulais l'abandonner, que je n'étais pas bien avec elle. Elle avait l'air tellement désespéré, je ne sais pas ce qui m'a pris, je lui ai tout avoué. Que j'aimais Charles, le baiser, ce qu'il m'avait dit, etc. Cela me faisait du bien de parler, ça me soulageait, et puis, je pensais qu'elle comprendrait.

— Eh bien ?

— Elle a été horrible. Tu ne peux pas savoir les choses qu'elle m'a dites. Elle m'a dit que je n'étais plus sa fille, qu'elle me reniait. Elle m'a craché au visage, elle m'a traitée de pute. Et tout cela sur un ton très froid, glacial, et c'était bien pire que si elle avait crié ou pleuré comme d'habitude. Elle m'a dit que j'étais une moins que rien, qu'elle me méprisait, qu'elle regrettait de m'avoir mise au monde, enfin, des méchancetés que tu ne peux pas imaginer. Et Charles, lui, n'était qu'un misérable, un pervers, un pédophile et je ne sais quoi encore. Elle allait le flanquer dehors, appeler les flics…

La voix de Stéphanie se brisa. Les larmes l'étouffaient. Elle pouvait à peine respirer. Je la serrai contre moi.

— Je vais te donner un somnifère. Il faut que tu te reposes. Nous reparlerons de ça plus tard.

— Je suis sûre que c'est à cause d'elle qu'il s'est tué. Elle a dû lui dire des trucs tellement épouvantables…

Je donnai deux cachets à ma nièce et je restai auprès d'elle jusqu'à ce qu'elle fût endormie. Je lui tenais la main.

*

Le médecin était arrivé avec une ambulance. Mona était habillée. Elle avait mis ses bottes.

— Il pense que c'est un suicide. Il va appeler la police.

Elle était livide.

— Il faut que je te parle, dit-elle.

Elle m'entraîna à l'écart.

Elle avait accompagné le médecin au belvédère. Il voulait voir l'endroit d'où Charles était tombé. Elle avait remarqué les traces des bottes sur le terrain boueux. Ces semelles antidérapantes laissaient des empreintes aisément identifiables.

— Stéphanie était avec lui, là-haut, comprends-tu ce que ça veut dire ?

Je fis mine de ne pas saisir.

— Si la police voit cela, on va inculper Stéphanie.

— Pourquoi l'inculper ? Où veux-tu en venir ?

— Je n'ai pas le temps de t'expliquer. Stéphanie et moi, nous avons eu une violente dispute, hier, à propos de Charles et…

Je l'interrompis, indignée.

— Tu ne vas quand même pas croire que…

Mona éclata en sanglots.

— Oh non, je ne crois rien, je ne sais rien, je perds la boule. J'ai peur, c'est tout. J'ai peur pour elle. Je te demande simplement de m'aider.

Mona me tendait une perche inespérée. Ses affreux soupçons me mettaient à l'abri.

— C'étaient ses bottes ? Tu en es sûre ?

— Nous avons les mêmes.

— Et tu penses vraiment que…

Elle empoigna mon bras et le serra à me faire mal.

— Peu importe ce que je pense ou non ! Trouve quelque chose ! Vite ! Avant qu'ils n'arrivent !

Je me pris la tête entre les mains et je fis mine de réfléchir profondément.

— Pourquoi ne pas dire qu'elle était avec nous, hier ? Que nous ne nous sommes pas quittées un instant, toutes les trois ? De tout l'après-midi, de toute la soirée ?

Mona me regarda droit dans les yeux.

— Tu ferais ça ? Vrai ? Même devant un tribunal ? Tu serais prête à jurer ?

Je ne cillai pas.

— Stéphanie est ma nièce, répliquai-je, gravement.

Le visage de Mona s'illumina. Elle appuya un baiser sur mon front. La voiture de police débouchait dans la carrière.

— Il faut que je me sauve, je dois les accueillir.

Elle revint sur ses pas.

— Et Stéphanie, comment lui expliquer ?

— Je m'en charge. Pour l'instant elle dort. Je lui ai donné une dose de somnifère suffisante pour assommer un cheval. Ne t'inquiète pas.

Stéphanie réagit comme je l'avais escompté. A peine eus-je évoqué l'hypothèse d'un meurtre, les traces de pas et les soupçons qu'ils éveilleraient chez la police, qu'elle devint blême.

— C'est maman, je le savais ! Ce sont ses bottes !

Je répliquai froidement que ce pouvait aussi bien être les siennes. Elle risquait d'être impliquée. Après tout, elle avait été la dernière personne à avoir vu Charles vivant, celle qui avait découvert le corps, ces éléments la rendaient suspecte. Stéphanie se récria. Elle était innocente, elle n'avait pas besoin d'alibi. Elle dénoncerait sa mère.

Je dus déployer des trésors de persuasion

pour l'empêcher de se précipiter au commissariat. J'usai de la menace, de l'intimidation. Je lui représentai l'horreur qu'il y aurait à se conduire de la sorte, les remords qu'elle en éprouverait, tout au long de son existence.

Stéphanie se rendit.

— Alors, que faudra-t-il dire ?

*

Mona et sa fille s'évitaient. Elles ne se parlaient plus. Mais elles ne faiblirent pas. On nous interrogea, ensemble et séparément. Nous ne démordîmes pas de ma version. Nous ne nous contredîmes jamais. Non, nous ne nous étions pas quittées. Pas un instant. Dans cette maison de verre, vous savez, il est difficile d'échapper à la surveillance des autres. Si l'une de nous s'était absentée, nous l'aurions remarqué. Nous avions regardé *La nuit du chasseur*. Joué aux cartes. Dîné. Nous étions allées nous coucher tôt. Si personne ne s'était inquiété de Charles. Non, pourquoi ?

— Cela lui arrivait souvent, affirma Mona, de rentrer tard. Il se glissait dans ma chambre sans faire de bruit, pour ne pas me réveiller. Pourquoi me serais-je inquiétée ?

On parla des traces de bottes, bien sûr.

Avec une présence d'esprit qui me sidéra, Mona prétendit être allée au belvédère, la veille de l'accident.

— J'ai même appelé l'homme de main qui nous rend service, de temps à autre, pour le prier de redresser la clôture. Mais il n'était pas là.

Effectivement, Mona avait appelé cet homme — mais pour une tout autre raison — et sa femme, auprès de qui l'on vérifia ses dires, les confirma. Elle avait bien reçu un coup de fil de Mme Maréchaux.

Et puis, les empreintes ne constituaient pas une preuve, ni même un indice. Je ne m'étais pas approchée de Charles. Il n'y avait, dans l'herbe et dans la boue, pas la moindre trace de lutte.

Entre-temps, on avait trouvé dans les papiers de Charles une lettre récente de son producteur lui annonçant que la diffusion de son reportage à la télévision était annulée. Charles en espérait sûrement de l'argent. On avait découvert qu'il n'avait pas un centime. Cette nouvelle avait dû le contrarier. Plusieurs personnes témoignèrent qu'il semblait, ces derniers jours, soucieux et préoccupé.

Pierre Cannelle vint à notre secours. Ces interrogatoires n'avaient aucun sens. Suicide, accident, peu importe, il fallait boucler ce dossier. Il s'impatienta. On finit par accréditer la thèse du suicide et on délivra le permis d'inhumer.

Comme on ne lui connaissait aucune famille, Charles fut enterré dans le cimetière de Murdaires, pas loin du caveau des Maréchaux. Pierre Cannelle prononça son éloge. La moitié du bourg assista aux obsèques. On eût dit que les Murdairois avaient perdu leur héros. Ou peut-être les gens n'avaient-ils, ce jour-là, rien de mieux à faire ?

*

Voilà. J'ai tout dit. Deux ans se sont écoulés depuis ces événements. Le soir même de l'enterrement, j'ai quitté Murdaires et je n'y ai jamais remis les pieds. Mona et sa fille me donnent régulièrement de leurs nouvelles. Elles se vouent une haine tenace. Cependant chacune d'elles m'est reconnaissante d'avoir évité à l'autre la prison, et c'est là sans doute le supplice auquel mon crime me condamne : j'ai saccagé l'existence des seuls êtres qui m'étaient chers et je dois endurer leur gratitude.

Cet ouvrage a été composé
*par l'***Imprimerie Bussière**
et imprimé sur presse Cameron
par ***Bussière Camedan Imprimeries***
à Saint-Amand-Montrond (Cher)
en juin 1999
pour le compte des Éditions Grasset
61, rue des Saints-Pères, 75006 Paris

N° d'édition : 11192. N° d'impression : 980-991980/1.
Dépôt légal : août 1999.

Imprimé en France

ISBN 2-246-57781-0